新 潮 文 庫

管見妄語

常識は凡人のもの

藤 原 正 彦 著

新 潮 社 版

11355

はじめに

この本は、『週刊新潮』に連載された「管見妄語」の、二〇一六年秋から二〇一七年夏までを収録したものである。言わずと知れた看板エッセイである。少なくともこの連載を読んだ友人達は口を揃《そろ》えてそう言う。他の人々、すなわちほぼすべての読者が何と言っているかは知らない。知りたくない。褒め言葉だけが私にとって重要なのだ。褒め言葉は人を成長させ、本来の力を発揮させる。一方、批判や非難、論難は人の力を削《そ》ぐからなるべく聞かない、運悪く聞いてしまったら一日も早く忘れる、というのが私の流儀である。

過去に世に出た自らの作品を進んで読み直そうとする作家はめったにいないだろう。過去に書いた自分の論文を読み返す学者もまずいないはずだ。私も自分の作品や論文を、必要に迫られずに読み返すことはない。何とも形容しがたい心理的バリアがあるのだ。

それなのに、毎年出版される新潮文庫の「管見妄語」シリーズでは、ゲラの段階で、すでに発表した五十篇の精読を求められる。これは私にとってやや重苦しい仕事である。仕方なく再読を始めるのだが、不思議なことに、読み進むうちにだんだん楽しくなる。政治、経済、文化、歴史などがほどよく散らばっていて、その間を縫ってユーモア、抒情《じょじょう》、エロなどが躍っており、次々に読み進めることができる。なるほどこれなら滝のような褒め言葉を浴びるのも無理はない、と思えてくる。

女房は「あなたの面前でけなす人などいるわけないでしょ。褒め言葉をそのまま信ずるなんて、あなたってとことんおめでたい人ね」と言う。幼い頃から母に「極楽とんぼ」とよく言われたのを思い出す。ただ、女房と母は無慈悲な毒舌家なのだ。女房は私に、「これ、わざと下手に書いたの？」と言ったことがあるし、母は父に、「何これ、小学生の作文みたい」と言ったことがある。藤原家の女の伝統だが、私にとって「おめでたい人」とか「極楽とんぼ」はむしろ褒め言葉だ。世の中は自信を失わせることばかりだからである。自信はあってもあっても足りない。とりわけ物書きはそうだ。山本夏彦氏はかつて「物書きは褒め言葉を食べて生きている」と喝破した。これからも皆さん、私を褒めて褒めて褒めちぎって下さい。

二〇一六年は、世界を揺るがす二つの出来事、イギリスのEU離脱国民投票およびアメリカの大統領選挙があった。これらは世界史的にも重要な事件だったから、私も「管見妄語」で何回か取り上げた。

ところが二〇一七年は、世界史に特筆されるような事件は何もなかった。北朝鮮とアメリカが、というより金正恩《キム・ジョンウン》とトランプが、愚劣なチキンレースをしていただけだった。地球上の人間を何十回も皆殺しできるだけの核を持つアメリカが、北朝鮮に「持ってはいけない」と言うのだから説得力はゼロである。言いかえれば「俺達は理性のあるアメリカだからよいが、お前達北朝鮮は無分別だからダメだ」ということだ。北朝鮮が命令に従わないのは、少なくとも論理的には当然である。二つの国がいくら幼稚園児のような口喧嘩《くちげんか》をしていてもいいが、困るのは、口喧嘩が取っ組み合いになった時、日本と韓国が大被害を受けるということだ。数十万から数百万の人命が失われると予測されている。

そこで私は、北朝鮮に核廃棄を迫るアメリカの言い分には無理があると思いながら、アメリカの繰り出す軍事上、経済上の脅しに、一日でも早く北朝鮮が屈服してくれないかと祈っているのだ。アメリカの理不尽さを知りながら、アメリカに肩入れするということは、「まっすぐに生きる」ことを心がけてきた私にとって、実に居心地の悪い状況だったと言える。従って「管見妄語」では、北朝鮮問題についてはほとんど書いていない。自らの堕落を世間にさらけ出すわけにはいかなかった。

一方、二〇一七年の日本国内では、森友、加計《かけ》学園と小池旋風しかなかった。森友、加計問題について言えば、世界史はもちろん、日本史にも残らない、というより三年後には皆が忘れてしまうような事件である。野党とメディアは、ものの軽重が分からないらしく、一年中これに口角泡を飛ばしていた。辟易《へきえき》とした。安倍政権を批判するなら、こんなつまらぬ揚げ足取りでなく、グローバリズム一色の経済政策、好景気なのに労働賃金は増えず労働時間は減らないという大企業一辺倒の政策、グローバル人材の育成というつける薬のない教育政策、などを糾弾すべきなのだ。

そもそも安倍政権は、北朝鮮の核ミサイルがいつ降ってくるかという状況の中で、主要国のうちで突出して低い国防費（GDP比率一％）を、NATO並みの二％にしようとさえせず、アメリカにすがりついている。米中がいつ日本の頭越しに手を結ぶか知れない中、自主防衛の強い意志を決定的に欠いているのだ。

もっとも、自民党も野党の立場だった時は民主党政権の揚げ足取りに終始していたから、野党とは思考停止集団であり、メディアとは、事件とあらば何にでもはしゃぐお祭り男なのだろう。私が森友、加計にほとんど触れなかったのは、私の無垢《むく》の筆が汚《けが》れそうだったからである。

小池旋風に関しては、小泉元首相の郵政解散時のように、国民があっさり騙《だま》されては困ると多少は心配したが、小池氏本人のオウンゴールにより、旋風自体があっという間に消えてしまった。小泉元首相と同じく、天才的弁舌だけの人だから、メッキがはがれるのは時間の問題と思っていたが、これほど早いとは意外であった。

個人攻撃は私の趣味ではないので筆を控えていたら、終ってしまった。

というわけで今回は、昨年に比べ、政治や経済についての論説が少ない。これは私にとって二重の意味で好都合である。第一に、政治経済について書くと、必ず読者の一部を不快にさせるからである。だからこそ、食事中に政治を話題にしないのは、テーブルマナーの一つとなっている。私は日本中を敵にすることも、世界中を敵にすることもいとわない。ただ、本音で言えば、できることなら全《すべ》ての人々に好かれたい、なかんずく全ての女性に愛されたいのだ。今回の本が、政治経済が少ないが故《ゆえ》に敵を作りそうもない、というのは実にありがたい。第二に、政治経済の話はすぐに古くなる。時事問題をなるべく避けることは本の寿命を延ばすための第一条件と言ってよい。この点でも今年は、本書にとってよい年だったと言える。

従って今回の本は、身辺の出来事や文化、芸術、旅、社会現象などに題材をとり、そこに世界や歴史からの視点を加え、重層性や普遍性をもたせるよう努めた作品が多いように思う。

興味ある題材を見つける上で、イギリスで研究生活をしている愚息から送られてくる統計や資料がしばしば役立った。英語で書かれた文献にまで広く目を通すことは時間的に難しいから、私の面白がりそうなものを集めてくれる有能な助手がイギリスにいるようなものだった。

そして最後に、原稿を最初に読んでくれ、いつも鋭い、厳しい、酷《むご》い、底意地の悪い、情け容赦ない評を述べてくれた女房にも感謝したい。おかげでいくつかの原稿は丸めてゴミ箱に投げ入れることとなった。もしも、これら背筋も凍る酷評がなかったら、本書はかくも粒揃いの傑作ばかりとならなかったであろう。

二〇一七年師走

著　者

管見妄語　常識は凡人のもの◆目次

第三章　人類の余りにもむなしい姿　103

第五章 祖国のためにありがとう 187

管見妄語

常識は凡人のもの

第一章　自分で決められない国

灰色の世界

十数年前、数学教科書の執筆に関わっていた私は、中学校のある数学教師が「……とした方がよい、のかなと思います」としばしば言うのに気づいた。文尾に「のかな」をつけ断定を弱めようとする学生の多いことには気づいていたが、大人までがと驚いたのである。これに似た表現で「というか」「てゆうか」もある。「あの人は呑気《のんき》というか困った人だ」というのは標準的な日本語だが、最近の十代から三十代くらいまでの人はよく、「あの娘はなんか無邪気、てゆうか」などと文尾につける。

これも断定を薄めるためだ。愚息などは「てゆうか、どこかに食べに行かない」などと言う。やんわり話題を変える時にも使うようだ。「のかな」や「てゆうか」は「単なる私見ですが」とか「……と愚考いたします」などに比べ品がないが、自らの考えで突っ走り他人とぶつかってしまうのを避けよう、という気配り表現だ。アメリカでは、自らの気持に忠実に表現することは美徳だから、他人をさほど意に介せず率直に言う。米大統領選の民主党候補ヒラリー・クリントン氏は「私こそがアメリカ合衆国の最良の大統領になる」などとぬけぬけと言うし、共和党候補のトランプ氏は自らの偏《かたよ》った感情でしかないことを恥も外聞もなく吠《ほ》える。

私などはアメリカにいた頃、ガールフレンドにまで「あなたは完全に間違っている」とか「頭おかしいんじゃない」などと率直に言われた。ある准《じゅん》教授選で、候補者に推薦状を依頼された教授が、「彼の主論文における功績の大半は、本人ではなく共著者に帰すると思われる」と書いてきたので驚いたことがある。ある二十五歳の知人女性に将来を尋ねると、「アメリカ合衆国大統領」と断言した。私が大声で笑ったら「真剣よ」と突然目をむいた。日本ではまず見られない率直さだ。

対照的にイギリスでは控え目表現が多用される。私の意見に納得しない場合、アメリカ人なら「僕はそう思わないよ」と単刀直入に言うが、長い友人である英国の貴族院議員は、必ず文頭に「I would rather say」をつけてから反対意見を言う。「こんな風にも言えるかな」くらいの意味だ。アンドリュー・ワイルズ教授はフェルマー予想を三百五十年ぶりに解決した時の記者会見で、「フェルマー予想を理解するのはとても易《やさ》しいが、解決するのは幾分難しい」と言った。幾分（somewhat）を付け加えることで英国紳士としての謙虚を示したのである。イギリスに住んだ当初は、アメリカとの余りの落差に驚かされたものだ。

謙虚や控え目はバランス感覚に通ずるものだが、これが必要なのは世の中の森羅万象が灰色だからである。数学というただ一つの例外を除いて、この世には完全なる真や偽はなく、完全なる正や邪もない。真っ白も真っ黒もなくすべて灰色なのだ。「人を殺してはいけない」だって真っ白ではない、死刑制度という合法的殺人が認められているし、戦争になれば、敵をなるべくいっぱい殺した者が、世界中どこでも英雄として称えられる。真っ白に限りなく近い灰色なのだ。

推論に使う論理だって灰色だ。「風が吹けば桶《おけ》屋が儲《もう》かる」は論理を得々と語る者を揶揄《やゆ》する、恐らく世界に類例のない、我が国の誇るべき警句と思う。つまり灰色の事実から出発し灰色の論理をつたって到達した結論、すなわちすべての結論には常に謙虚が伴わなければならないということだ。

日本人やイギリス紳士はそれを自然に知っているから、文頭や文尾に何かをつけたり、ユーモアをまぶしたりして表現を和らげる。様々な国の人の集まる会議の議長としてはイギリス人がうまい。原理原則にこだわるドイツ人や論理をまくしたてるフランス人に比べ、バランス感覚により落とし所を見つけるのがうまいからだ。歴史上、日本とイギリスに独裁者がほとんど出現しなかったのはこの謙虚や控え目から生まれるバランス感覚のためであろう。

（二〇一六年一〇月六日号）

イタリアの小さな村で

　マスタークラスと呼ばれる、一流演奏家による将来有望な若手への公開個人教授があるのを知ったのは、イギリスに住んでいる頃だった。BBCテレビがポール・トルトゥリエという世界的チェリストのマスタークラスを定期的に放送していて、それが私のような素人《しろうと》にも面白かったのだ。

　若者が弾く。トルトゥリエが助言して弾いてみせる。若者が言われた通りに弾く。格段によくなっている。数学の個人教授はケンブリッジの学生相手に行ったことがあるがこうは行かない。マスタークラスほど面白いものはめったにないと私は思った。恐らく誰にとっても、若者の成長を助けることはもちろん、若者の成長を目撃することさえ一種の快楽なのだ。

　マスタークラスのファンとなった私は帰国後、友人のバイオリニスト堀米ゆず子さんが桐朋《とうほう》学園大学で開いたものを見学に行った。

才能ある若者達の中に、そのまま舞台に立てそうな演奏をする女性がいた。文句のつけようもないと思っていたが、ゆず子さんはいくつかの注意を与えた。すぐにそれに応《こた》える演奏をした。完璧《かんぺき》と思ったものがさらによくなるから不思議だ。ゆず子さんはレッスンの最後に「とてもいいよ」と微笑《ほほえ》みながら言った。この人はその後、国際コンクールで二位になったと聞いた。

一流演奏家が教師としても一流とは限らないそうだが、ゆず子さんは兼備だ。「私は天分で弾くというより、いつも努力して分析や勉強を重ねてきたから言葉で表現するのが多少上手《うま》いかも」と語っていた。

評判がいいのだろう、彼女は世界のあちこちでマスタークラスを開いてきた。先日、イタリアの小さな村で行うと聞いて見学に行った。マルケ州アンコーナ県カッセロという人口二百八十人の村で毎秋開かれているものだ。

このマスタークラスが特別なのは、十日間にわたる講習に参加する世界各国からの男女（今年は二十八名）が、すべて村民の家に宿泊することだ。しかも宿泊と食事はなんと無料である。学生達はお返しに、小学校で演奏会を開いたり、村民のための無料コンサートを開いたりする。辺鄙《へんぴ》な田舎に住む人々にとってこの催しは、才能ある若者達の成長に役立ちながら文化にも触れる、という絶好の機会である。あらゆる援助を惜しまない。パーティーには多くの村民が参加したが、出された食物はすべて彼等の家庭料理だった。

中世の砦《とりで》のような建物で講習は行われた。まず見学したのは金髪に背のあいた赤いワンピースの、ブリュッセルの音大を最優秀で卒業した女性だった。ゆず子さんがオーケストラの部分を達者なピアノで弾きメンデルスゾーンのコンチェルトが始まった。金髪が恍惚《こうこつ》の表情で見事に弾いていると、無情にも「そこは音が抜けないと。上体で弾かないで下半身で響かせて」と言ってゆず子さんは止めた。そして蚊が多いのか、左足首をぼりぼり掻《か》いた。金髪は右足首を掻いた。

次は日本でのいくつかのコンクールで優勝した日本人男性で、チャイコフスキーのコンチェルトを弾いた。何とすごい若者、と感嘆していたらまたもやゆず子さんは途中でさえぎり、「チャイコフスキーはベートーベンやブラームスとは違うのよ。ロシア貴族の悠々たる時の流れがある」とか「この音で感情の杭《くい》を打ち、その後は抜く」などと言った。そんなこと言ったって、と思っていたらゆず子さんは初めてバイオリンを手にし数小節を弾いてみせた。なるほどと思った。「このフレーズの二つのアーは違えて弾いた方が効果的に聞こえるよ。どう違えるかは自分で考えて」などと職業上の秘密までも惜しみなく教えるのを見て、この若者には相当期待しているのだなと思った。

最終日には近くの都市の音楽ホールを借り、ゆず子さんも参加してコンサートを開いたが、県知事ばかりか梅本駐伊大使もローマからかけつけ盛会だったらしい。近隣の村からもこの心温まる催しに参加したい、との意向が相次いで出ているという。

（二〇一六年一〇月一三日号）

どうかしていない私

外国へ行く時、金銭をどう携帯するかはいつも問題である。治安のよい日本では大ていの男性は尻《しり》ポケットだが、海外ではそうはいかない。二十年ほど前まで私は、外国でも財布は尻ポケットと決めていた。外国のスリにとって安全ボケした日本人が一番のカモ、とよく言われるからこそ尻ポケットにこだわった。スリや泥棒を私のふっくらとセクシーな尻でおびき寄せ、手を出したとたんに捕まえねじ伏せることで、世界の道徳向上に寄与すると同時に、日本人の恐さを思い知らせようと考えたのだ。

新婚旅行のローマでは、尻につられて寄って来たジプシーの一団を、「この野郎」と日本語で一喝したら、助けを乞《こ》うような表情をしてから逃げ出した。

スペインのマドリッドでは若い男が私に背後からぶつかると同時に数枚の硬貨を

ばらまき、自ら拾い始めた。私が気をとられたスキにもう一人が後ろから近寄り尻ポケットに手を入れた。待ってましたとばかりに一メートルほど横っ飛びした私は、不埒《ふらち》なスペイン野郎を叩《たた》きのめすべく空手の戦う構えをとった。無論、空手は知らない。

空手の達人に殺されると思った男達は一目散に逃げ出した。サッカー部で鍛えた脚で逃げ遅れた一人を捕まえ、襟首をつかんで「今度日本人に手を出したらこの首をへし折るからな」と英語で脅した。

七年前にはローマでみすぼらしい身なりの若い女が、歩道で私にスッと身体《からだ》を寄せて来た。俺もイタリアではもてるんだと思ったら、ふいにポケットに手が延びた。瞬間に意味不明ながら「ダー」と大声で叫んだ。女は急に泣きそうな顔になって退いた。私に近寄る女性を拒否したのは人生初のことだった。

最近は財布を尻に入れていない。脚力、腕力、成敗による世直しの意欲、がいずれも減退したからだ。そこでウェストポーチを使うことにしたが、「旅行者です」という看板をぶら下げているようで私の洗練されたスタイルを損う。早々に止《や》めた。愚妻の古ストッキングに金を入れて腹にしばりつけたりもしたが、金を出す度に女物ストッキングでは、武士の沽券《こけん》にかかわる。一度で止めた。ここ十年ほどは、紙幣を財布に入れず無雑作にポケットに入れていた。ふくらまないから狙《ねら》われにくいが、鼻紙を取り出す時に一緒に出てきたり、使用した鼻紙と一緒に捨てかけたりしたから止めた。先日、イタリアへ行く時に、三男が小さな四角い布袋をくれた。カードとともに紙幣を畳んでこれに入れ、襟に隠れるよう首にかけ下着の下、へそのあたりに垂らしておくのだ。安全だが、カードを取り出すたびに生っ白《ちろ》い腹を見せなくてはいけないので、可愛《かわい》い女店員の前では閉口した。

これだけ警戒しているから実害を受けたことはない。今回も無事帰国した。と、翌々日にカード会社から緊急の電話があった。イタリアにいる間に、アメリカのマイアミにて私のカードで四万円がおろされたという。カードの磁気テープが不正に読み取られ偽造カードが造られたらしい。直ちにカードの廃棄をした。暗証番号は磁気テープに入っていないのに、と思っていたら女房が「ペルージャのレストランで決済の時、女店員があなたの肩越しに手元を覗《のぞ》いていたと言ったじゃない」と言った。「レストランを出てから言ったって遅い。その場で怒鳴らないとダメだ」と反撃したら猛攻してきた。「それだけじゃないわ。エディンバラでは夜中に、あなたのカードで高価なゲームソフトが買われたと東京から緊急電話、バルセロナではカードをすられ東京へ緊急電話。全部ここ数年よ。あなた、どうかしてるんじゃない」。どうかしてない。欧米の治安が急激に悪化しているのだ。だから人の集まる所には兵士や警官が自動小銃を持って警戒している。

グローバリズム＝新自由主義による弱者の大量出現や、大量の移民が欧米に流入した結果、治安は劇的に悪化した。コンピュータ社会特有の知能犯罪も急増中だ。フィレンツェで見たCNNニュースも「ほとんどのアメリカ人が欲するのは自由じゃない、安全だ」と言っていた。私はどうかしていない。

（二〇一六年一〇月二〇日号）

痛ましい光景

母の郷里で夏の一カ月を送るのが物心ついた頃からの決まりである。幼い頃、祖母について田や畑に行くことがよくあった。下尾根の田畑へ行く途中、部落を出る所に産土《うぶすな》様がある。正式には鹿狩《しかがり》神社というのだがそう呼ぶ者は一人もいない。緑の木立に囲まれた三百坪ほどの境内の中央に、小さな無人の社《やしろ》があるだけの神社である。行きと帰り、祖母はここでムギワラ帽をとり、お辞儀をしてから手を合わせた。私も横で真似《まね》をした。立止まってから立去るまで十秒ほどだったから、私はもちろん祖母も、具体的に何かを祈ったわけではあるまい。「なにかありがたいもの」に感謝を捧《ささ》げただけだろう。

私の大学受験の時、祖母は毎朝ここで合格祈願をしてくれた。多くの日本人にとって神社とは、宗教というより、「なにかありがたいもの」、心の拠《よ》り所、感謝や祈願の対象、そして祭りなどの拠点として住民を結びつけるものであった。

先日、京都を訪れた折り、大好きな豆大福を「出町ふたば」に買いに行ったついでだったが、下鴨神社を訪れた。境内にある広大な「糺《ただす》の森」は、源氏物語や枕草子にも出てくる森であり、葵《あおい》祭の時は流鏑馬《やぶさめ》の行われる場所でもある。

この森の南続きの土地で大規模な工事が始まっていた。マンション建設だった。世界遺産に登録され、奈良時代以前の創建という由緒《ゆいしょ》ある下鴨神社だが、式年遷宮《せんぐう》を控え資金三十億が集まらなかったため、境内の南端の三千坪ほどを五十年の定期借地権付きで業者に売ったらしい。三年ほど前にはやはり京都で、御所の東隣りにある梨木《なしのき》神社が同様のことをした。

神社の経営がどこも苦しいらしい。寺には葬儀の際のお布施や墓の貸付料や永代供養料《くようりよう》など安定した収入があるが、神社の収入は賽銭《さいせん》、お守りや破魔矢など授与品、祈禱《きとう》料くらいではるかに少ない。各神社は独立採算だから、一定年数ごとに社殿を新しくし御神体を移す式年遷宮をする神社などは、氏子の減少や高齢化のため、寄付金も充分に得られず泣く泣く境内を切り売りしたりするのだ。神前挙式や幼稚園経営が可能な場合はまだよいが、そんなこともできず身売りや廃業をする神社が後を絶たないという。

下鴨神社のごとく格の高い神社までが切り売りせざるを得ないというのはゆゆしい事態だ。国が何らかの対策をとる必要があろう。かつては企業メセナ（文化や芸術振興のための援助）が活発だったが、デフレ不況や株主中心主義などによりめっきり減ってしまった。大企業の膨大な社内留保が話題となっているが、例えばこの一%をメセナ税として国が徴収し、文化芸術伝統の維持や振興のために用いる、などということも考えられよう。

立ちはだかるのは政教分離だ。政府と宗教を分離するという米憲法を真似たものだが、実はアメリカではそれほど厳格ではない。証言とか大統領就任の宣誓では聖書に手をおいて「So help me God（神に誓って）」と言うし、軍隊や議会には聖職者がいる。硬貨には「我ら神を信ず」と彫ってあるし、クリスマスは国の休日だし皆でメリー・クリスマスと言い合う。国家とキリスト教は一体となっている。アメリカでの政教分離とは、特定の教派を優遇したり迫害したりしないということである。信教の自由を保障するためだ。イギリスも同様だ。

日本も政教分離をその程度にゆるめた方がよい。そうすれば由緒ある神社の資金繰りが逼迫《ひっぱく》した時など、文化財や地方文化の保護として援助しやすい。由緒ある教会に対しても同様だ。

そもそも政教分離とは、宗教が政治を支配したヨーロッパなどで生まれた概念だ。我が国では常に政治が宗教の上にあったし、八百万《やおよろず》の神を有しているためか他宗教に対し際立《きわだ》って寛大な国民性だから、政教分離とは実は異和感のある理念なのだ。由緒ある神社の切り売りは、誇るべき尊い文化財を傷つける自傷行為であり、余りにも痛ましい光景である。

（二〇一六年一〇月二七日号）

世界一幸せだった子供達

学生時代から子供好きだった。父が九人兄弟の一番目、母が四人兄弟の一番上で、従弟妹《いとこ》が大勢いた。叔父叔母の家に行く時の楽しみは、何と言っても従弟妹達と遊ぶことだった。彼等も私が来るのを心待ちにしてくれていた。兄のところに生まれた赤ん坊が恋しくて神戸まで顔を拝みに行ったり、妹の二人の幼稚園児をからかいに横浜まで行ったりもした。

アメリカにいた頃も同じだった。ミシガンでは韓国出身数学者の娘でピアノの上手な八歳のクララと、二人で近所の公園に行きブランコや滑り台で遊んだ。コロラドでは、何とアパート中の子供十数人の人気の的だった。私の部屋にまで子供達がよく遊びに来た。彼等が私のことばかり話すと親に夕飯に招待されることも何度かあった。同僚数学者の子供達とも仲良くなり、ベビーシッターを進んで引き受けたりしたこともあった。

ひねくれた見方の得意な女房は「よほどモテなかったのね」と言う。確かに滞米一年目のミシガンでは若い女性にまったくモテなかったが、二年目以降のコロラドでは生まれて初めて男が爆発し、向かうところ敵なしのメチャモテだったのだ。

子供好きは昔から日本人の一大特徴であった。幕末維新の頃に我が国を訪れた欧米人の著作はそれを物語っている。

米人エドワード・S・モースは『日本その日その日』(平凡社東洋文庫)の中で、「日本は子供の天国である。世界中で日本においてほど子供が親切に取り扱われる国はない」としきりに繰り返している。

実際、何人かの欧米人が「日本の道は子供達の遊び場である。遊びに没頭していても危険がないのは通行人、人力車、荷車などが、子供達のコマを踏んだり羽子板や竹馬の邪魔をしないようよけて通るから」などと記した。またある人は、道の真中に坐《すわ》った丸々とした赤ちゃんを、疾走して来た馬車の馬丁が馬車を止めて抱き上げ路傍に移したりする光景に目を見張った。

いたずらをしたりダダをこねたりする子供を西洋のように鞭《むち》で打つことはもちろ

ん、叩いたりすることもめったにしないのを見て、甘やかしていると見る人々もいた。しかしよく観察すると、西洋の庶民の子供より行儀はいいし、十歳になる頃までには両親を敬愛し年寄りを尊敬する立派な人間になってしまう。こんな例は世界のどの国を見てもない、と感嘆したのだ。

フランスの歴史家フィリップ・アリエスの『〈子供〉の誕生』（みすず書房）には、十七世紀の頃まで、西洋では七、八歳までの子供は動物と似た扱いであり、特別の愛情を注いで育てる対象ではなかったとある。そんな時代からさほど隔たっていない幕末維新だから、欧米人は一層、日本人の子供崇拝とも言うべき子供への愛情や、世界一幸せそうに往来で遊び回る子供達の姿に瞠目《どうもく》したのだろう。

近年、大都市を中心に保育園や幼稚園の建設が住民の反対運動により中止に追いこまれている。近隣住民が「うるさい」とか「土地の資産価値が下がる」と考えるらしい。昼間は子供のにぎわい、夜は静か、というのは私の理想なのだが。反対運動があっては運営が難しいと業者は断念してしまうという。今年だけですでに十数件に上る。

こんな状況では「少子化ストップ」も「一億総活躍社会」も絵に描いた餅《もち》だ。はしゃぎ回る子供の声をうるさいとか、ちょろちょろ動き回る子供が目障《めざわ》り、と感ずる日本人が多くなったらしい。我が国の誇るべき伝統が、いつ頃からどうして消えてしまったのだろうか。子供を作ろうとしない若者の増加の背景には、経済要因に次いでこんな文化変容もあるのだろう。

今春、福岡での講演後、当地で昨年乳ガンにより亡《な》くなった級友の墓を御主人の案内で詣《もう》でた。陽当りのよい緑溢《あふ》れる斜面にひっそりと眠る彼女に手を合わせていると、遠くから子供達のさんざめきが丘を駆け上がる春風に乗って聞こえてきた。斜面のふもとに小学校があったのだ。「彼女は淋《さび》しくない」と心から救われる思いだった。

（二〇一六年一一月三日号）

自分のことを自分で決められない国

日本人ほど他人の気持を思いやる人々はいない。日本社会が穏やかなのはこれが大きな一因であろう。また激しい自己主張を抑え相手の気持を尊重するというのは、社会活動を円滑に動かす鍵《かぎ》となっている。

例えば他人からの願望や要求は、できたらかなえてやりたい、と日本人ならまず思う。利害の相反する件について衝突した時、残念だがひとまずは相手の気持を尊重し譲歩してやろう、というのもよくあることだ。「今回は譲っておこう。先方に借りができるから次には向こうが譲ってくれるだろう」と内心思ったりする。そしてそうなることも多い。

ところがこれは世界でも通ずることではない。外国や外国人との交渉において、相手の願望を尊重しかなえてやっても、先方は借りができたとは思ってくれない。

「相手が譲歩したのは、譲歩しなければならない弱味があったからに違いない。これからも交渉では強く出よう」となる。

これを知らない人が多いのか、我が国は外圧に極めて弱い。この事実は海外でよく知られているから、ひっきりなしに外圧が加わってくる。特に米中韓だ。中韓は、外交上の優位に立つため、そして日本の軍備増強を防ぐため、しきりに歴史問題をむし返す。七十年以上も前の戦争に関し、その罪状を罵《のの》り続ける国は世界中で、日本に対する中韓の他に一つも知らない。日本に対してだけ著効があるからだ。

一方、アメリカからの外圧はほぼすべて米国の国益追求のためだ。我が国におけるここ二十年の目ぼしい改革のほぼすべてはアメリカの外圧によるものだった。いくつもの金融機関を潰《つぶ》した金融ビッグバン、非正規社員を大量に生み世界一だった日本の雇用を壊した労働法改正、地方の駅前商店街を片端からシャッター通りとした大店立地法、簡保と郵貯三百五十兆円の運用権を狙った郵政民営化などだ。すべて米企業のためである。ＴＰＰもその一つだ。東京裁判史観を今も信じ、日本が一方的に悪かったと卑屈になったまま、ＧＨＱが十日間ほどででっち上げた憲法を押しいただき、未《いま》だに崇《あが》めている国民は、アメリカに唯々《いい》諾々《だくだく》と従うことを何とも思わなくなってしまったようだ。

ただ米中韓が外圧を加えてくるのは仕方ないとも言える。日本を含め世界は国益だけで動いているからだ。外圧に弱い国民性の方に問題がある。さらにやっかいなのは、国内問題を解決するために外圧に弱い国民性を利用する輩《やから》が多いことだ。

例えばかつて、文部省（当時）が高校教科書検定で、日本軍の中国華北への「侵略」を「進出」に書き換えさせた、との誤報が日本のマスコミから発せられ、ついには中韓の憤激をよび外交問題にまでなった。

この結果、教科書には「近隣のアジア諸国への配慮が必要」という、世界に類のない「近隣諸国条項」が教科書検定に加えられた。アジア諸国とは中韓北朝鮮の三国だ。歴史とは社会科学であったはずだが。マスコミによる中韓への御注進はよくあることだが、時の政府さえ頻繁に外圧を利用する。

消費税を五％から八％へ上げたことで折角のアベノミクスは吹っ飛んでしまったが、この時も消費税を上げたい人々がＩＭＦや世界銀行などに働きかけ、財政破綻《はたん》を避けるには消費税引き上げが不可欠、と日本に忠告させた。

スポーツ界までがそうだ。この十月になって、東京オリンピックの会場をめぐり、IOC、国際ボート連盟、国際水連などのトップが続々と都知事に会いに来た。IOC会長には天皇陛下への拝謁《はいえつ》を許すほどの阿《おもね》りだった。会場の計画縮小を目論《もくろ》む都知事に外圧を加えようと、それぞれの関係者が招請したのだろう。オリンピックには都民ファーストもアスリートファーストもない。国と都と組織委員会が総合判断すべきことだ。

いつの間にか日本は自分のことを自分で決められない国になってしまった。南シナ海における中国の主張や行動は国際法違反、という仲裁裁判所による当然の裁定がでたが、中国はこれを世界注視の中で「紙くず」と言ってのけた。恐るべき不見識はともかく、自分の好きなように自分のことを決め、それに文句をつける奴は個人であれ世界であれ一喝する、というこの気合いだけは我が国も少しは学んでほしい。

（二〇一六年一一月一〇日号）

心肺機能は鍛えたが

中学校三年生の時、百メートルは十三秒でクラスのトップスリーに入ったが、五キロマラソンではラストスリーだった。運動神経はよいが心肺機能がよくないのだろう。何に対しても努力を惜しまない私はこれを改善しようと、学生の頃はもちろん、大学教官になってからもエレベータをほとんど使わず階段を昇り降りした。理学部の建物で、数学科はたいていどこの大学でも最上階にある。実験機器がないからだ。お茶の水女子大学の数学科は六階だったのでよい運動になった。それでも昼食直後の昇りは苦しく、六階に着いてから三分間ほど肩でハーハー呼吸していたから、さして心肺機能は高まっていなかったのかも知れない。

女房はここ二十年ほど、月に一度、三男の幼稚園時代の母親達を中心とした山仲間と東京近郊の山へ行く。ここ数年は年に一、二度、三千メートル級に登っている。

今夏は七月に富士山、八月に甲斐駒《かいこま》ヶ岳《たけ》だった。私も近郊の七百メートルくらいの山に登る時を選び、年に一度くらいは参加させてもらう。五十代、六十代の普通のオバサン達に負けるはずがない、と最初は高を括《くく》っていたが、これが滅法強い。しんがりはいつも私となる。家族とほぼ毎夏信州の山へ登るが、ここでも私が一番弱い。

四年前に三千メートルを超す仙丈ヶ岳に登った時は参った。あいにく二千メートルあたりから風雨が強くなり、雨具から水が浸みてきた。息子もそうだった。女房に告げたら、「私のは全然浸みてこないわよ、あなた達、袖口《そでぐち》や胸のマジックテープをちゃんと締めていないんじゃない」と言った。締め直したが変らない。歩いていると汗だくになり、乱れた息を整えようと立止まると、一分ほどで肌に達した雨水と汗が冷え、身体が寒さで震え出すという始末だ。父がよく小説の中で描いた疲労凍死とは、こうして起こるのだろうな、などと思ったりした。

「酸素が薄くなったせいか息苦しい」と言ったら、足取りも軽い女房が「さっきは雨水、今度は酸素、あなた、一歩登るごとに、酸素が薄くなる酸素が薄くなる、と自己暗示をかけているんじゃない」と冷たいことを言った。元中央大学ワンゲルのガイドが、「あれ、奥さんの雨具は五万円、先生と息子さんのは一万六千円だ」と笑いながら言った。二千五百メートルでついに荷物を息子とガイドに持ってもらうこととなった。やっとのことで頂上の小屋までたどり着いた。

名誉挽回《ばんかい》と二年前からジムに通い始めた。週に二度ほど一時間半くらい、ウェイトトレーニング、坂道を上るのと同じ効果のある器具、などで鍛える。この器具で運動を始めると、かつて十分で息が切れていた私が、今や四十分しても平気となった。確実に心肺機能が強化されている。脈拍が百十以下の有酸素運動だから、諸悪の根元たる内臓脂肪を減らすのにも役立つ。腹が出ていては、愛人も夢の再婚も遠い夢となる。だから地方や海外にいてもジムを訪れ同じことをする。心なしか腹も締まり大胸筋も大きくなった。

この成果は先月のイタリア旅行で立証された。レンタカーで女房の指令のまま中世都市を次々に訪れた。一回りも年長の私と結婚したくらいだから、女房は何でも古いものが好きなのだ。教会のそばにはたいてい塔がある。フィレンツェのような大都市にはいくつもある。女房の悪癖はこれらにやたらに登りたがるということだ。一日にいくつも登ることさえある。「何とかと煙は」とはよく言ったものだ。

日本のビルで言えば六階から十階ほどの高さだ。女房は水を得た魚のように颯爽《さっそう》と登りはじめ、途中からわざとスピードを上げたりする。へばった私を嘲笑《ちょうしょう》しようと待ち構えているのがよく分るから、らせん状の狭い急階段をぐるぐると必死について行く。ジムで心肺機能を高めたから、苦しいがどうにかついて行ける。

中年以上の欧米人は無論一気に登れない。途中でへたばるのが恥ずかしいのか、所々で窓から景色を見るふりをして休んでいる。私は民族的優越に浸りつつ足音軽く追い抜く。足音が重くなったのは、前をミニスカートが登っていた時だけだ。踏み外し、らせん状に転がり落ちるという民族的屈辱を恐れたのだ。心肺機能は改善されても心までは改善されなかったらしい。

（二〇一六年一月一七日号）

二つの快挙

二〇一六年は歴史に残る年になりそうだ。六月には英国のEU離脱決定、十一月には米大統領選でのトランプ勝利、と歴史的快挙があったからだ。

日本を含め世界中の有識者やメディアは、ほぼ一致して英国のEU残留と大統領選でのトランプ敗北を固く信じ、またそうなることを強く望んでいたから、選挙後の彼等の負け惜しみや歯ぎしりは見物だった。EU離脱では「理性が感情に負けた」「ポピュリズム（大衆迎合主義）の恐さ」「今となって後悔する国民」などと言いたい放題だった。「扇動され踊らされた低学歴労働者による無責任な愚挙、民主主義の危機」と慨嘆してもみせた。今回のトランプ勝利後も同工異曲が繰り返された。さらには反トランプデモが全米に広がるなどのおまけもついた。

二つの出来事は、一見無関係に見えながら本質的にはほとんど同一のものだった。

それは、ここ三十年間のアメリカ、そして世界に跋扈《ばっこ》したグローバリズム（ヒトカネモノが自由に国境を越える）およびPC（ポリティカリー・コレクト、ありとあらゆる差別や偏見をなくすこと）への反乱であったのだ。

グローバリズムにより、各国で所得格差が急拡大し、中産階級がやせ細り、国民が持てる者と持たざる者とに二分された。アメリカ型金融資本主義により一蓮托《いちれんたく》生《しょう》となった世界経済は、ギリシア程度の小国の経済状況にさえ世界中が一喜一憂するという脆弱《ぜいじゃく》な構造となった。一方で移民による社会や教育の混乱、治安の悪化が進んだ。

またPCという「きれいごと」により、英米ではミスやミセスがなくなり、日本でも盲滅法が使えなくなるなど大々的な言葉狩りが行なわれた。

それどころではない。PCに抵触したとメディアに判断されれば、即刻差別主義者として俎上《そじょう》にのせられ、社会的制裁を受けるようになった。例えば移民の抑制を口にしただけで、非人道的な差別主義者ということで吊《つ》るし上げられるから、誰もが口を閉ざすこととなった。PCにより人々はもはや本音で語ることが難しくなっている。

この閉塞感《へいそくかん》とグローバリズムのもたらした悲惨に敢然と立上がったのが、移民排斥と自由貿易協定破棄を掲げたトランプであり、移民とEUのグローバリズムに反逆した英国民だったのだ。

二つの快挙は本質的に同じだから、その支持層も極めて似ている。どちらも主に低学歴労働者だ。英米での意見分布を投票前から懸命に分析していたメディアが軒並み予想を外したのは、支持に回った一部の知識層が、世論調査や出口調査に応じなかった、あるいは応じても嘘《うそ》をついたという現象を見落していたからだろう。実際、何人かの英米の友人が「そうした友人を知っている」と私に言った。

英米におけるこれら知識人は、グローバリズムが自由経済を錦《にしき》の御旗に弱者を追いこんでいることに、自身は強者に属しながら強い義憤を感じている。また、自国の文化、社会、教育、伝統などを守るため、移民の急増を抑制すべきと考えている。しかしそれを表明することは、PCの嵐《あらし》の中では差別主義者の烙印《らくいん》を押されることと同じだから、世論調査や出口調査では逃げるか嘘をつくかしかなかったのだ。今回の大統領選で、メディアはトランプのセクハラや差別発言を連日とり上げ攻撃した。普通なら致命傷となるはずが一向に効を奏さなかった。中下流の大衆はすでに見破ってしまったのだ。政府、金融、メディアなど支配層が弱肉強食のグローバリズムを推し進め、大量の社会的弱者を生んできたことを。そしてPCとはグローバリズムの過酷を糊塗《こと》するための小さな善行、すなわち目眩《めくら》ましに過ぎず、大企業の欲する安い労働力、すなわち移民の導入に対する批判を封ずるための道具とさえなっていることを。グローバリズムにしがみつく人々とその体制を倒してくれるなら、無教養の成金オヤジでも誰でも構わない。セクハラでも差別でも何でもよい。彼等の怒りはそれほどまでに深かったのである。（二〇一六年一一月二四日号）

企業ファースト

二十代の女性が私とランチをとりながらボソッと言った。「私、このあいだ過労自殺と認定された電通の女性社員、知っているんです」「毎月百時間以上も残業していたという東大卒の二十四歳の子かい」「そうです。バイトをしていた時の仲間です。母子家庭の子で親孝行するために早くお金を貯《た》めたいと言っていました」「確か東芝にいたことのある大学教授が『残業百時間を超えたくらいで過労死とは情けない』とか言ってたね」「ひどすぎます。一日二、三時間の睡眠に加え日常的にパワハラにもあっていたんです。その教授、自分達がやってきたんだからお前達もしろと言うんでしょうが、そんなだから東芝がダメになったのだと思います」。

大分憤慨しているようだった。

似た話は息子からも聞いた。

高校時代の級友が医者として勤務する病院に、ある時職場で昏倒《こんとう》した男性がかつぎこまれてきた。土日返上の残業に次ぐ残業の結果、クモ膜下出血を起こした三十代前半の男だった。よく見ると兄だった。懸命の手当てをしたが、植物状態のまま数カ月後に亡くなったという。

過労死と認定された者はここ十数年、年間百人を超えている。認定の請求件数は年に千数百件、請求すらできないままもみ消されている過労死は膨大と推測されている。長時間労働にやっとのことで耐えている者なら恐らく百万人を下るまい。

法律では、労働時間は一日八時間、週四十時間と決まっている。それなのに週四十九時間以上の長時間労働をしている男性は、全男性労働者の三十%と先進国中で最多だ。

法律違反とならないのは労働基準法に、労使協定を結べば一カ月に四十五時間まで時間外労働をさせることができる、と記されているからだ。しかも繁忙期にはこの限度を超えて働かせてもよいことになっている。これでは過労死ラインと言われる月八十時間を超える残業がいくらでも出てくるはずだ。ザル法だ。

過酷な残業の成果は、と時間当たりの労働生産性を外国と比べると、日本は先進三十四カ国中の二十一位とふるわない。定時が来ると仕事途中でも一斉に帰宅してしまうイタリアやスペインでさえ、時間当たりの労働生産性は日本より二割も高い。産業構造の似たドイツは日本より何と五割も高い。

基礎学力や労働意欲で独伊西などよりはるかに上と思われる日本人の、労働生産性がこれほど低いというのは尋常のことではない。労働の質が悪いのだ。疲れ果てぼんやりした頭で、あるいは周りが帰らないからという理由で、机に向かっているような長時間残業に大きな原因があるはずだ。ドイツでは残業は一日二時間までならよいが、半年間の勤務時間が一日平均で八時間を超えてはならないと決められている。しかも労働基準監督署が抜き打ち調査をし、違反した企業経営者に対しては、程度により罰金刑や禁錮《きんこ》刑《けい》を科す。こうなれば企業イメージはガタ落ちとなるから法が守られる。ドイツの労働時間は日本に比べ驚くほど少ないが、これでもヨーロッパでは最長に近い。日本はドイツを早急に見習うべきだろう。

残業の多い原因は、業務量に比べ人員が少ないことにつきる。企業側は「終身雇用がある限り、不況時に人員調整がきかないから、社員を少なめにせざるを得ない」と必ず言う。終身雇用という美風をスケープゴートにした言い訳だ。残業に頼らなくともよいだけの正社員を採用し、いざ不況になったら役員が給料の大幅カットを行ない、続いて段々と下まで降りてくるようにすればよい。全社員の給料を三割カットすれば定員三割減と似た効果がある。働き盛りの年代の過労死、若者が正社員になれない、働き過ぎで結婚や子作りにも励めない、というのでは少子化が進むのも当然だ。それに生産性が先進国中で下位というのは、無能の証《あかし》のようで国辱でさえある。そしてそもそも、趣味も家庭団欒《だんらん》も楽しめず働くだけの人生とは一体何なのだろうか。癒着した政と財はいつまで国民を愚弄《ぐろう》し続け、傷《いた》め続けるのだろう。

（二〇一六年二月一日号）

そばの食べ方

十月から十一月にかけて、昼飯は大ていそばとなる。そば屋の玄関に「新そば入りました」と出ると、足が自然にそちらへ向かってしまう。そばがきは奈良時代以前よりあったらしいが、麺《めん》そばの方は我が信州が発祥の地と言われる。そばが信州のような高冷地を好み、またやせた土地でも育つことから、飢饉《ききん》に備えての雑穀として栽培されたという。そば屋が現れたのは江戸である。キビや粟《あわ》を米に混ぜて食べていた地方と異なり、白米を主食としていた江戸では「江戸患《わずら》い」と呼ばれた脚《かっ》気《け》が多く、そばがこれの予防や改善に役立つということで流行《はや》った。

幼い頃信州に暮らしていた私は、そばを食べたことがなかった。私のいた諏訪《すわ》の山間部では昭和二十年代、畑の大半は養蚕のための桑畑で、そば畑など見たことさえなかった。そばを初めて口にしたのは上京した後、小学校三年か四年の頃と思う。

何かの折に近所のそば屋からとった二十円のもりそばはとてつもなく美味《おい》しく、残ったそばつゆをすべて呑《の》み干した。これを見た母が時々乾麺をゆでてくれるようになった。ただ、母の作ったそばつゆは醤油《しょうゆ》を水で薄めたようなもので、出前のそばとはまったく別物だった。

その頃、住宅金融公庫への借金返済で家計の苦しかった我が家だったが、年に一度だけ外食をした。三人兄妹が七月生まれということで、七月の日曜日にまとめて誕生会を開いていたのである。おめかしをして新宿三越最上階の大食堂で昼食をとるというものだった。母は決まって「もり」か「かけ」だった。メニュー中で一番安い二十五円だった。母の胸の内に気づいた父が「もっとめずらしいものを食べれば」と言うと、母は「もりが一番好きだから」と言い張った。

大晦日《おおみそか》に年越しそばを食べるようになったのもこの頃だった。出前はお金がかかるということで毎年大晦日の昼頃、私は一升びんをぶら下げて近所のそば屋にそばつゆを買いに行かされた。この習慣は父が直木賞をとり、やがてベストセラー作家となり、経済的に潤《うるお》うようになってからも続いた。出前にしようという私に、「そば屋からとるのと同じ味です」と母は譲らなかった。

中年になってから益々《ますます》私のそば好きは嵩《こう》じた。元気のいい時は天ざる大盛り、寒い日はカレー南蛮、カロリーが気になる時はおかめ、と大体決まっている。うどんかそばかを聞かれるが、カレー南蛮を除いて断然そばだ。そばは美味しいうえ、嘘か真《まこと》か、血圧やコレステロールを下げガンを防ぎ美肌まで作るという夢の食物だ。『吾輩《わがはい》は猫である』の迷亭先生だって「うどんは馬子《まご》が食うもんだ」と言っている。ホラ話の好きな御仁だが。私がカレー南蛮だけはうどんにするのは、カレーの温度が高くなるためそばがのびてしまうからだ。それにそばとうどんの太さの比を一対二とし、どんぶり内のそばとうどんの重さを同一とすると、数学的にそばの全表面積はうどんにした場合の二倍となる。すなわちカレー南蛮の場合、口の中に入るカレーがそばはうどんより二倍も多くなり、塩分を抑えたい中年にとっては有難くないのだ。

そばの食べ方は難しい。かの迷亭先生は「この長い奴《やつ》へツユを三分一つけて、一口に飲んでしまうんだね。噛《か》んじゃいけない」と言っているから、私も三分の一しかつゆにつけない。余計な塩分をとらずにすむ。

一口に飲みこむのは確かにうまいが、すすることになるから家ではしても欧米人と一緒の時は避ける。ズルズルは彼等にとって身の毛もよだつ音なのだ。イギリスの小学校で、息子が鼻水をズルズルとすすっただけで、周りにいた母親たちが雷に打たれたように身を固くしたのを思い出す。食事中なら尚更《なおさら》だ。時折欧米人をそば屋に連れて行くが、こんな時は面倒かつ不本意だがよく嚙んでからのどに入れる。彼等も周囲にズルズルさえなければ、我々と同じようにそばが大好きなのだ。寒い日に熱いそばを食べさせると、ノーベル賞学者もフィールズ賞学者も鼻水を垂らす。

（二〇一六年一二月八日号）

第二章　グローバリズムの欺瞞《ぎまん》

冬の攻防

何につけても極端な私だが、寒さに対する強さは天下一品だ。零下三十度近くになる満州で生まれ、零下二十度を超える北朝鮮で一年余りの放浪生活を送り、三歳で帰国してしばらくは零下二十度近くになる信州の母の故郷で暮らしたからだろう。大学院の時まで家の自室に暖房機器はなかったが何とも思わなかった。

アメリカにいた三十歳の頃から冬でも下着のシャツを着ていなかった。肌に直接ワイシャツを着ていた。コロラド大学で教えていた頃、氷点下の街をワイシャツ一枚で闊歩《かっぽ》したこともあった。これくらいはやせ我慢できる範囲内だったのだ。街中の人が「日本人は凄《すご》いなあ」と尊敬と感嘆の眼差《まなざ》しで私を見つめていた（ような気がした）。

ずっとその習慣が続いていたが、六十歳の頃から、昼間は相変らず寒さに強いのだが、就寝時に寒さを感ずるようになった。冷えのせいか二、三度はトイレに立つ。起きている間は、清く正しく美しく、時には狂おしくもみだらに、情熱がほとばしっていて常に身体《からだ》が熱いのだが、眠りに入るや一気に情熱が消え失《う》せ足腰が冷却するのだ。

私とはまったく反対に、昼間はアンケラコンケラ（信州弁、ボンヤリ）としていて寒がりの女房が、眠りに落ちるやメラメラと情熱が燃えるのか、しきりに暑がる。そのためここ数年、寝室エアコンの設定温度に関し就寝前に口論することが多くなった。夏は私が二十七度を主張し女房は二十五度、冬は私が十八度を主張し女房は十六度以下を譲らない。仕方ないのでとりあえずは譲歩し、姑息《こそく》ではあるが、女房が鼻ちょうちんを出した後にこっそり一度だけ上げたりする。しばらくはこれが続いたが、ある時トイレに立った女房が設定温度を確かめ、私の操作に気付いてしまった。「ひどい、この大嘘《うそ》つき」とか言って熟睡中の私をなじった。以後疑い深い女房は、トイレに立つたびに設定をチェックするようになり、この手は使えなくなった。

「そんなに寒いならラクダのモモヒキでもはいたら」と軽蔑《けいべつ》したように言う。これだけはできない。五十年ほど前、セクシーな小悪魔として売り出した女優の加賀まりこさんが、「モモヒキをはいた男は生理的にイヤ」と言ったのを、ファンだった私はよく覚えているからだ。女性の気持を代弁しているはずだ。すべての女性に避けられるくらいならフトンの中で凍え死んだ方がまだましだ。女房は「大丈夫、あなたがモモヒキをはこうとはくまいと、あなたに関心を持っている女性などこの世に一人もいないわよ」とくさす。私が女性にバカモテなのを知っていて、自信をなくさせようとしているのだろう。

それが何と、この冬は口論がない。女房がその母親から教わった秘策のおかげだ。

義母は豊橋の女学校に通っていた戦争末期、信州の木曽福島《きそふくしま》へ疎開《そかい》し、そこの軍需工場で働いた。氷点下になることのない豊橋から零下十度にもなる木曽福島に行き、よほど寒かったに違いない。暖房も寝具も物資窮乏の折り粗末だったのだろう、一つの工夫をした。セーターを首の前面から胸の上部に乗せて覆《おお》い、セーターの袖《そで》で首の左右から肩にかけてを覆うのである。これが実に暖かい。

こたつに腰まで入れてうたた寝すると風邪をひきやすいとよく言われるが、それは気道が冷えるからで、義母の首セーターは気道の大部分をセーターで覆ってしまうのだから理にもかなっている。このおかげで今年は就寝前の口論がなくなった。

それに今年はレッグウォーマーという、くるぶしから膝《ひざ》までを覆う二重編みの超ロング足なしソックス、とでも呼ぶべきものも手に入った。これで脚もポカポカだ。

そこで設定温度を十六度に自ら下げた。数日後には十五度に下げた。そして何と、その一週間後には女房が初めから望んでいたように暖房を切ってしまった。女房の結婚前に亡《な》くなった義母は未《いま》だに娘を守っているようだ。首セーターが広く採用されれば、日本の過半数の家庭で就寝時の暖房は要らなくなるに違いない。


（二〇一六年一二月一五日号）

半人前国家

戦前、郷里の信州は教育県として名高かった。「信濃教育」が日本の初等教育をリードしていたと言ってよい。それが二十年余り前、長野県の教育関係者が沖縄を視察に行ったところ、当地の教育界の人に「長野県を目標として頑張っています」と言われた。信濃教育の威光未だ健在、と胸を張っていると、何とセンター試験の平均点で、ビリが沖縄でビリから二番目が長野県ということだった。県をあげて観光立県に励んでいる間に、信濃教育の遺産は食い潰《つぶ》されていたのだ。

文科省の二〇一六年度学力テスト（小六と中三に対する国語と算数数学のテスト）の結果が先頃発表された。沖縄の小学生がついに国語、算数ともに全国平均を越え総合十三位に躍進したという。頑張って十八位となった長野県をも軽く抜き去った。米軍基地に付随する諸々《もろもろ》のハンデを乗り越えての結果だけに賞讃に値する。

中学校の方は小学校の上にあるからまだ数年はかかるだろうが、いずれは同じ道をたどりそうだ。

朗報から二ヵ月たった数日前、OECDのPISA（十五歳の生徒に対する数学、科学、読解力のテスト）の結果が発表された。先進三十五ヵ国で日本は数学と科学で一位、読解力で六位だった。すべての参加国や都市の中では、シンガポール、香港、マカオ、上海など主に中国系がしばしば日本より上位にくる。ただしこれらはどれも都市と言ってよい所だし、生徒の選び方も不透明だから、比較の対象となるのは先進三十五ヵ国だけだ。ただ、そこで数学と科学が一位と喜んではいけない。二ケタの足し算に苦労する人の多い欧米相手なら、ダントツの一位でなければいけないのだ。

一方、前回一位だった読解力が、三年後の今回は六位、というのはゆゆしき事態である。今回の数学でも、基礎に比べ文章読解力を要する応用の方で、案の定大きく点を落としていた。読解力さえよければ、数学は実力通り、トップでなくダントツのトップとなるはずだった。

原因として一つ思いつくことは、小学生に比べ中高生が本を読まないことだ。論理的文章に弱いのは新聞を読まなくなったことも大きい。内閣府調査によると、中学生の三人に二人、高校生の二人に一人は新聞にまったく目を通さないのである。一方でスマートフォンなどを用いたインターネット利用時間は、中学生が一日二時間、高校生が一日三時間だ。ほとんどが友達との連絡、動画や音楽の視聴、ゲームである。

読解力不足は数学力や科学力の不足よりはるかに深刻だ。数学や科学に疎《うと》いと生活上かなり不便と思うが、国がどうかなるわけではない。現に$\frac{1}{2}+\frac{1}{3}$のできない人だらけの米英でも国はきちんと動いている。それに反し読解力不足では本も新聞も読めないから、知識や教養はほとんど身につかず、従って思考力も見識も得られない。

こうした人間が多くなると、世界中から侮《あなど》られるばかりか、国民の多数決ですべてを決めるという民主主義さえ成り立たなくなる。だからこそ米英で、「数字を見ると頭痛がする」は自虐《じぎゃく》ユーモアとなっても、「文字を見ると頭痛がする」は深刻すぎてユーモアにならないのだ。「私は半人前の人間です」と告白するようなものだからである。

読解力低下、すなわち活字文化の衰退がこのまま続けば、日本は半人前国家となってしまう。寺子屋の先生は皆この危険を知っていたから「読み書き算盤《そろばん》」、今なら「読み書き算数」だけを教えた。初等教育ではこれらが他教科に比べ圧倒的に重要ということである。十年後にはスマートフォンに実用可能な音声自動翻訳機能がつくと言われている。なのに、グローバル化などとはしゃいで小学校で英語を必修とした。グローバル化には何はともあれ人間力なのだ。すなわち力強い読解力を通して培《つちか》われた論理的思考力や情緒力や教養力である。英語がいかに流暢《りゅうちょう》でもこういったものに欠けていると世界では相手にされない。話す手段より話す内容を整えることが先決ということだ。

（二〇一六年一二月二二日号）

三頭立て馬車

二〇一六年の世界を振り返った時、最も大きな事件と言えば、六月の英国EU離脱決定および十一月の米大統領選でのトランプ勝利であろう。世界に激震を与えた。番狂わせに大慌《あわ》てとなったメディアや評論家は、本音を吐き始めた。と言っても各国の各メディアから多様な視点が出されたわけではない。少なくとも先進各国ではほぼ一つの視点しか出なかった。先進国のエスタブリッシュメント（支配階級）が共有する視点である。彼等を産み育て、彼等に最も好都合で、彼等がまき散らしてきた、グローバリズムの視点であった。

英国国民投票でも、米大統領選でも、先進国メディアはこぞってEU残留派やヒラリー候補の有利を報じたどころか、米国のトップ百の新聞のうち五十七紙が、中立をかなぐり捨てヒラリー支持を表明した。高学歴で理性のある人々は残留派でありヒラリー支持派、移民により職場を奪われそうな低学歴低所得労働者、差別主義者、大英帝国やかつてのアメリカの夢にすがる頑迷固陋《ころう》な老人達、が離脱派でありトランプ支持派と喧伝《けんでん》した。

離脱決定やトランプ勝利の直後のメディアの狼狽《ろうばい》ぶりは見物だった。「感情が理性に勝った」「ポピュリズムの怖さ」「国中に溢《あふ》れる後悔」などと、両国の選択に失望し、選択を愚弄した。

この二十年余りの間、世界を牽引《けんいん》してきたのはグローバリズム（ヒトカネモノが自由に国境を越える。そのための小さな政府、規制撤廃、自由競争など）だった。これを推進してきたのはエスタブリッシュメント、すなわち利得者とも言える政官財、そしてそこに寄り添うことで恩顧を得ようとしたメディア、御用学者、評論家などであった。彼等はグローバリズムのための「改革」を次々に煽《あお》り、実行し、国富を一％の富裕層と大資本に集中させた。

福祉切り捨て、競争社会による弱者量産、などに対する人々の不平不満を散らすための手段として用いたのがＰＣ（ポリティカリー・コレクト＝人道、人権、公正、弱者への配慮、反差別などの尊重）だった。これに抵触する言葉、人間、組織などは徹底的に糾弾された。政治家の取るに足らない失言に騒ぎ立て、言葉狩りまでが行なわれた。

グローバリズムを中心に、エスタブリッシュメントとPCが三頭立て馬車となって世界を引っ張ってきた。EU離脱決定とトランプ勝利は、三頭立て馬車に対する初めての大がかりな反乱だったから、先進国エスタブリッシュメントはかくも動揺したのである。その中で、メディア、御用学者、評論家と政官財の密着ぶりもあからさまになった。彼等は国民にとってほとんど唯一《ゆいいつ》の情報源だから、人々はいつも色のかかった情報に浸っているということだ。

小泉構造改革、消費税増税、TPPなど、彼等が一斉に支持したから国民は内容をよく理解しないまま承諾した。国民が常に体制に好都合な方向に誘導されているというのは、民主主義を根底から揺るがすものである。これではグローバリズムの欺瞞《ぎまん》に気付きにくいわけだ。

グローバリズム信奉の学者達が国民を説得する際に用いたトリクルダウン理論（富裕層や大企業などに富を集中させれば、そこから富がしずくのようにこぼれ落ち国民にまで及ぶ）は完全に否定された。世界各国で、国民が一部の富裕層と大多数の貧しい人々に分断され、格差はなお拡大しているからだ。競争社会によるストレスや移民の急増などで、欧米を中心に社会は混沌となった。

グローバリズムとは創始者フリードマンが言ったように、「国家も民族も力を持たず、一つのメカニズムが世界を結びつける」というものである。自国のことは国民の意志で決める、という民主主義とはもともと相容《あいい》れない。人は祖国で生まれ、その自然で成長し、その文化、伝統、情緒で育った、涙を五臓六腑に滲《にじ》ませた存在だ。

二つの歴史的事件とは、グローバリズムの最先進国である米英国民の、「経済メカニズムに支配されてたまるものか」との叫びであった。

(二〇一六年一二月二九日・二〇一七年一月五日号)

新年の誓い

古今東西、新年の抱負というものがある。古代バビロニアの人々は新年に、「借りた物を返し、借金を返済する」という誓いを立てたという。英米では今日でも新年の決意（New Year's resolution）と言って、これを立てる人が多い。日本でも、人の上に立つ人は新年にあたって抱負を語るものらしい。社長なら「先行き不透明な経済状況の中、顧客ファーストをモットーに、我が社の更なる発展を期し一丸となって頑張ろう」、都知事なら「都民ファーストで平和で豊かで住みよい東京を作りましょう」、などとほとんど無意味のことを言うのだろう。

私は人の上に立ったことは図書館長とか文学館長くらいなので、ほとんど語らずにすんできた。それでも若い頃は、自分の部屋の壁に新年の抱負を大書して貼《は》ったりした。十八歳の正月には、「まず合格、そして数学猛進」と書いたのを覚えている。受験勉強が忙しく好きな数学に手が回らないので焦《あせ》っていたのだ。

もっとも、その通りにはいかなかった。受験から解放されるや、やはり我慢していた碁将棋スポーツなど楽しいことが押し寄せてきたからで、数学に猛進し始めたのは大学二年の後期になってからだった。

新年の抱負は、ある米大学の調査によると九十二%の人々が、英大学の調査では八十八%の人々が実現できないという。半数の人が早くも夏までに抱負を諦《あきら》めるらしい。無論、意志強固刻苦勉励の人である私は、諦めたことなどこれまでに一度もない。単に抱負を立てたことを忘れてしまうだけだ。アメリカでの調査によると、新年の抱負で最も多いのは「体重を減らす」「運動を続ける」「禁酒」「禁煙」「もっと前向きになる」「もっと明るくなる」「金を貯《た》める」などらしい。彼等の九割は、翌年も「今年こそは」を付け加えただけで同じ抱負を掲げるはずだ。

我が国では中学生の冬休みの宿題として、書き初めが出されることがよくある。新年の抱負を表す四字熟語が圧倒的に多いという。温故知新、一生懸命、一念発起、初志貫徹などだ。気の弱い者は勇猛果敢、気の利《き》かない者は臨機応変、出遅れている者は大器晩成などと書く。独創性を旨《むね》とする私なら、八字熟語で、焼肉定食弱肉強食とか不言実行有言実行などと書きそうだ。書はなぜか、意味の分かりにくいものほど立派に見える。私の次男は中学生の頃、書き初めで明鏡止水と書いた。家族の誰も意味が分からなかったので、表装し現在も我が家の床の間に飾ってある。

新年の誓いがつまずく理由は、抽象的願望や過大目標が多いからだ。「体重を減らす」ではなく「体重を毎月一キロずつ落とす」、「運動を続ける」ではなく「毎日自宅から○○公園を回って帰って来る」などと具体的で控え目な目標としなければ実行できない。私自身この罠《わな》には何度もはまった。高一の正月、「今年中に文庫を三十冊、『チボー家の人々（全五巻）』、『戦争と平和（全四巻）』、『カラマーゾフの兄弟（全二巻）』を読み切る。ハーンの『怪談』を英語で読む。大学一年用の『微分積分学』を読み切る」という誓いを立てた。達成できたのは数学と『怪談』だけで、読書の方は文庫を予定の半分ほど読破しただけだった。学校での勉強に加え、サッカー部の選手として練習や試合に忙しく、とうてい無理な計画だったのだ。具体的だが欲張りすぎていた。

もう一つ大事なことは抱負を公言することだ。縛りになる。

オバマ米大統領は「六年間ほど禁煙しているが、続いているのは妻が恐いからだ」と言っていた。ただ、私の場合はうまくいかない。オバマ夫人より恐い女房がいて、今年の抱負として「都心にマンションを」と書いただけで、すぐに魂胆を見抜いてしまうからだ。下手をしたら乱れに乱れた私生活にまで手を入れ始めるかも知れない。

というわけで、我が抱負は誰にも語れず、結局は例年通り、門松のとれる頃には抱負自体を忘れてしまう。

（二〇一七年一月一二日号）

常識は凡人のもの

昨年十月、将棋の三浦弘行《ひろゆき》九段がコンピュータソフトの不正使用を疑われ、日本将棋連盟から十二月いっぱいの出場停止処分を受けた。三浦九段が、羽生七冠を崩し棋聖位を奪ったことのある一流棋士であるばかりか、数日後に迫った竜王戦タイトルマッチへの挑戦者に選ばれていたから大騒ぎとなった。処分のため三浦九段は挑戦者から外された。証拠は何もなく、「定跡を外してからの指し手がソフトと九割以上一致している」「対局中にしきりに席を立つ」などといった数人の棋士による主張や訴えがあったらしい。本人は連盟による聴取の場で疑惑を全面否定した。証拠がなく本人も否定となれば、普通なら様子を見るか、現役棋士のみによる常務会ではなく外部調査などを待ってからの判断となる。ところが連盟は処分を急いだ。連盟に三浦九段への疑惑を訴え出ていた棋士が、すでにある週刊誌に内部告発していて、スキャンダルとして公になる日が目前に迫っていたからである。

竜王戦が始まってからのスキャンダルとなれば、竜王戦や将棋連盟の権威失墜は免れない。連盟は狼狽《ろうばい》の中で拙速な判断に走ったのである。竜王戦のピンチヒッターとなった丸山九段は「三浦九段と対戦したばかりだが、これまでに疑念を抱いたことは一度もない」と処分に強く反対した。内部告発を手にした週刊誌は、三浦クロを主張する棋士たちの意見をそのまま信じ記事にした。週刊誌の特ダネになる日が迫っているという圧力がなかったら、連盟は恐らく竜王戦を延期し慎重な調査をしたに違いない。

疑惑の対象の一つとなった七月二十六日の久保九段との対戦では、定跡外れとされる六十二手目以降、ソフトとの一致率が九十三%と別の週刊誌が報じた。

将棋好きの私は早速、棋譜を検討してみた。六十二手目は素人《しろうと》初段の私にとってごく普通の手であるばかりか、それ以後に三浦九段の指した十五手のうちの最初の七手は、すべて私も指すであろう手であった。ヘッポコ素人と同じだから「あり得ない」となるのだろうか。残りの八手は私には指せない手だが、プロ高段者なら発見できると思われる手筋である。ソフトとの一致率は局面により大きく変わるもので、局面の狭くなる終盤の十数手で百%となっても何ら不思議ではない。

席を頻繁に立つというのも疑惑の理由としてはどうか。

私がミシガン大学にいた頃、ある天才数学者とチェスを指したことがある。彼は一時間ほどの対局中に十度ほどトイレに立った。余りに何度も立つので、「お腹《なか》こわしているのですか」と尋ねたら「いえ、手を洗いに」と言った。潔癖症なのだろう。私は半ばこれに気圧《けお》されて負けてしまった。実は私も、数学上のヒラメキを得ると必ず椅子《いす》から立上がり歩き始める。いても立ってもいられなくなるのだ。ケンブリッジ大学の群論における若手の天才は、数学科の四十畳ほどのティールームを始終グルグル回っていた。

三浦九段が控室でスマホを操作しているのを見たという棋士もいたらしい。これも証拠からは程遠い。私なら真剣交際の女性と愛のメール交換をしているだろうからだ。

案の定、年末になって第三者委員会が、対局のビデオ映像、三浦九段所有のパソコンやスマホ、棋譜などの分析により、ソフトを用いた証拠も長く席を離れた事実もない、と結論した。やっていないことを立証するのは元来不可能だが、クロである証拠は見つけられなかったということだ。連盟は三浦九段に謝罪した。

スポーツ、碁将棋、音楽、数学などでは、若い頃から一途《いちず》に精進し続けなければ一流にはなれない。彼等の言動に常識が欠けることが間々あるのはそのせいである。常識は凡人のものなのだ。そうした、非常識というより無常識な人々に慣れている私は、彼等が陰謀を企てることすら知らない人々であり、クロを訴えたのも外部にもらしたのも無邪気な正義感からだろう、と想像できる。棋士生命を奪われかねなかった三浦九段にはもちろん、慌てふためいて迷走した連盟にも同情を禁じえない。

（二〇一七年一月一九日号）

一日でも離れていると

昨秋、将棋竜王戦の挑戦者に選ばれていた三浦弘行九段が、竜王戦の始まる三日前に、将棋連盟から年内の出場停止処分を受けた。将棋ソフトの不正使用疑惑によるものだった。三浦九段は処分の不当を文書で訴えた。連盟に調査を依頼された第三者委員会は年の瀬も迫った頃に「不正を疑う証拠はなかった」と結論した。

三浦九段はこう語った。「この二カ月半、濡《ぬ》れ衣《ぎぬ》を着せられとても悔しい思いをしました。家族に辛《つら》い思いをさせたことが何より残念です。またこの間、シロを立証するのに忙しく、将棋の勉強どころではありませんでした。早く盤駒に触れたい」。最後の言葉がとりわけ痛々しかった。棋士にとって最も大切な対局と勉強から二カ月半も離れていたのだから、焦燥と危機感はいかばかりだろう。そのまま勝敗に反映されるからだ。

碁将棋の棋士、音楽家、数学者など、いわば特異能力を要する職業では、現場から少しでも離れているとすっかり力が衰えてしまう。友人のバイオリニストは、しばらくおさらいをサボると、腕が落ちるばかりでなく、バイオリン自体が美しい音を出さなくなってしまうと言っていた。数学の世界も同じだ。英豪加などでは、大学入学許可を得た高校卒業生が、一年ほど世界を旅したり、企業で働いたり、ボランティアをしたり、と人生経験を積み自らを見つめこれからの目標や心構えを固めてから大学に入学する、ということがよくある（ギャップイヤー）。大学での中退率が低くなる効果もあるということで大学側も勧めている。ケンブリッジ大学では、そのための受け入れ企業や斡旋《あっせん》業者を紹介する小冊子が合格者に配布されていた。

そこでの入試面接を思い出す。合否判定は筆記試験とこれが五十対五十だ。物理の教官二名と私の計三名が面接官となり、数学専攻の受験生を一名につき三十分ずつ口頭試問した。中で、紺のスーツに身を包んだ十六歳のインド人青年は、どんな質問にも適確に答える図抜けて優秀な生徒だった。最後に物理の教官が「ギャップイヤーをとるつもりですか」と問うた。生徒は初めて下を向いて考えこんだ。しばらくして「パパとママに聞いてみてから決めたい」と答えた。我々三人は思わず声を立てて笑った。

彼が退出するや三人は「やった」と目で合図を交した。天分に恵まれた人材を確保できた喜びからだ。私は、顔色から見てギャップイヤーをとりそうもない、と内心安堵《あんど》したのを覚えている。数学の世界では一年も離れていたら力がガタガタになってしまう。オックスフォード大学の学長も、「数学専攻以外の生徒にはギャップイヤーを勧めている」と語っていた。

私にも思い当たることがある。新婚旅行のヨーロッパ往復の機中でさえ数学書を読んでいた私が、三十六歳の冬、父がいきなり世を去った後、気が抜けてしまったのか、一年余り研究がまったく手につかなかった。悲しいというより、突然に家族が欠ける、という喪失感と虚脱感にすっかり打ちのめされてしまったのである。

近所の図書館にこもり研究を再開しようとしたが、気がつくと、父の青年時代の愛読書を中心に書棚の文学全集を片端から読んでいた。父をそばに感じていたかったのかも知れない。論文が書けるようになったのはそれから二年もたってからだった。

将棋の米長永世棋聖はかつて私に「プロなら大ていの局面において、五秒以内に次の一手を見つけられる。最も美しい手だ。二手も浮かぶ人は名人になれない」と語った。数学ばかりでなく、碁将棋でも論理的な読みだけでなく、研ぎ澄まされた美的感受性が必要なのだろう。音楽、美術、文学、数学などにおいて、美しいものには、きわどい均衡、緊張感のある調和美があるような気がする。この感覚は極めて繊細なので獲得するにも回復するにも時間がかかる。勝負の世界に言い訳はきかない。三浦九段にとってこの感覚を取り戻すことは茨《いばら》の道であろう。頑張れ。

（二〇一七年一月二六日号）

ユーモア大国

浮世絵を面白いと初めて思ったのは、数年前のローマにおいてだった。古代遺跡や中世寺院ばかりを女房に連れ回され、いささか退屈していた私は、通りがかりに浮世絵展が開催されているのに出くわし飛びこんだ。展示されていた葛飾《かつしか》北斎や歌川（安藤）広重《ひろしげ》は、モネ、セザンヌ、ゴッホなど印象派やポスト印象派に多大な影響を与えた巨匠だから、会場は大いににぎわっていた。

そこに展示されていた広重「名所江戸百景」の一つに、渡し舟に坐《すわ》っている客の目線で、船頭の毛ずねごしに羽田沖を遠望するものがある。まず構図の斬新《ざんしん》さにたまげ、ついで一本一本描かれたすね毛に笑ってしまった。やはり広重のもので、画面の左半分を埋める巨大な鯉《こい》のぼりと、遠くの小さな鯉のぼりとの間から、極小の富士がのぞいている画も、大胆な構図の中に微笑がある。浮世絵の自由奔放な独創性とユーモアに感嘆しているイタリア人達を見ながら、私はほとんど民族的昂揚《こうよう》を抑え切れなかった。

すっかり浮世絵ファンとなった私は昨年、京都の細見美術館で開かれた十八歳未満お断りの「春画展」を見に行った。私が見に行った理由は、好色だからというより(好色はほんの八割程度)、どんな人々が来場するかに興味があったのだ。

こう見えても気が小さいから一人では行きにくい。恐る恐る女房にお伺いを立てた。「江戸時代に大名から庶民までに愛された春画を見に行かないか。歌麿《うたまろ》や北斎までが描いているらしい。大英博物館でも先年開かれ大人気だったらしい」。案に相違して快諾だった。「友達の明治生まれのお祖母《ばあ》様が嫁入り道具として持たされたと聞いたわ」と興味津々《しんしん》だった。

長蛇の列は中年夫婦が大半だった。薄暗い室内で、前にいた八十歳ほどの婦人が、大胆奔放な春画の一枚一枚に、「ホーッ」とか「ヘーッ」とか嘆声をもらすので私と女房は笑いをこらえるのに必死だった。若い女性の二人連れが、なぜか二人とも紅潮した顔をパンフレットでヒラヒラとあおぎ続けているのもおかしかった。客の観察に忙しかった私だが、春画は男女の愚かしくも愛すべき行為を描いた江戸ユーモアの一つであると納得した。

先週、表参道の太田記念美術館に、歌川広景《ひろかげ》展を見に行った。江戸末期に活躍した歌川広景は広重の弟子で、「江戸名所道戯尽《どうけづくし》」くらいしか描いていないらしく、私も名を知らなかった。この広景が師匠の名をパクったばかりか、絵までをパクるのだ。師匠や北斎の絵に出てくる場所や構図を拝借し、それを戯画に仕上げる。道端の開放的な厠《かわや》で用を足すお侍を、三人の従者が路上に片膝《かたひざ》を立て鼻をつまみながら待っている。そば屋の出前が犬に足をかみつかれ、思わず放り出したざるそばが盛装のお侍の頭に飛んでくる。私の隣で見ていた老婦人が笑い声をあげた。私のお気に入りは、にわか雨にあった三人の男が、一本しかない破れ傘でどうにか雨をしのごうと、傘をさした一人を二人で肩車し歩いている絵だ。妙案と思ったが、担《かつ》ぎ役の一人の苦しそうな表情と、傘の破れの真下でびしょ濡れになったもう一方がうらめしそうに見上げるところは、私もつい笑ってしまった。

浮世絵には名所絵、美人画、役者絵、風俗画、動物絵などもあるが、これらに見え隠れするペーソス、諧謔《かいぎゃく》、揶揄《やゆ》などは大ていユーモアをまぶして描かれている。文学でのユーモアなら源氏物語や今昔物語にもあるし、西洋でもチョーサーやシェイクスピア以来ある。ところが絵画では、宗教画から発達してきた西洋画にユーモアを感じたことはほとんどない。日本には、落語、漫才、狂言もあるし、講談や歌《か》舞《ぶ》妓《き》もユーモア満載だ。我が国はユーモア大国だったらしい。

浮世絵を見ていると、江戸時代の人々の微笑、失笑、苦笑い、照れ笑い、含み笑いなどが目に浮かんだり、時には画の中から彼等の笑い声や歓声が湧《わ》き上がってくる。そして、この底抜けの笑いと喧騒の中に入りこみたくなる。

（二〇一七年二月二日号）

盗まれて当然

暗記していないと不便な数字がある。祝祭日、自分や親兄弟の電話番号と誕生日などはその筆頭であろう。これだけでも覚えるのは楽でない。まず祝祭日が十日あると四十桁《けた》になる。私は三人兄妹だから電話番号と誕生日（西暦と年号）は亡父母のものを含めて百十桁になる、それに私には、一人の妻と三人の息子がいてその誕生日だけで五十六桁になる。時にはこれに「大事な人」のものが加わる。さらに私の場合、自宅、仕事場、山荘の電話番号と番地、自分と女房のケータイ番号が加わる。

これだけではない。メインバンクの支店番号、口座番号、暗証番号、インターネットの何種類かのパスワード、愛車のナンバーもある。これら全《すべ》てを合計すると三百桁を超える。これをスラスラ言えるのだから我ながら大したものと思う。数学や物理の定数とか歴史的事件の年とは異なり、本質的に何の意味もない、生活のためだけの数字を三百桁近くも覚えている（覚えさせられている）ということに驚いてしまう。

昭和三十年の頃、ほとんどの家庭には電話も車もなかったし、コンピュータは東大の研究室で試作が始まったばかりだった。覚えるべき数字は祝祭日、誕生日、番地ぐらいだった。信州の父母の村には番地さえなかった。それが現代社会は、主にコンピュータのせいで、覚えるべき数字が激増した。

私の記憶力はかつて驚異的だった。四十代の頃まで手帳を持っていなかった。予定は一度聞いただけで記憶できたのだ。

それが今では、会った人の名を覚えられない。覚えても忘れる。忘れなくとも思い出せない。どこの誰だか百も承知で話していて、「〇〇さん」と呼びかけられず困ることもしばしばだ。名前は意味のないシンボルだから難しい。名前はダメでも出身地とか数字なら大丈夫だ。数字は強烈な個性のかたまりである。２３５６は真中が抜けただけ、２３５７は素数を小さい方から並べたもの、１４７０は１から３ずつ足したもの、３５５４は長嶋茂雄と松井秀喜に会ってから死にたい、という塩《あん》梅《ばい》だ。

多くの人は数字が覚えにくいらしく、車のナンバーや、クレジットカードやキャッシュカードの暗証番号など自ら選べるものは、なるべく単純で覚えやすいものを使う。車のナンバーの人気順は一位が「1」、二位「8」、三位「3」だ。8は末広がりだ。末広がり一徹の「8888」や笑って暮らしたい「2525」も大人気という。「3034」などという意味不明のものも時々見るが、恐らく昭和三〇年三月四日生まれなのだろう。

暗証番号の方は四桁と決まっているが人気順に五つ記すと、「1234」「1111」「0000」「1212」「7777」というお笑いのようなものだ。この五つで全暗証番号の二十%に上るというから呆《あき》れる。カードを五枚盗んだら、そのうち一枚は恐らくこの五つのどれかということだから危険極まりない。四桁の数字は一万通りもあるのに、覚えられないからこうなる。

インターネットのパスワードはもっと長いのだが、パスワード管理会社によると人気順は「123456」「password」「12345678」「qwerty」「12345」となる。「qwerty」とはパソコンのキーボードの左上に並ぶ六文字だ。正気とは思えないものばかりである。情報流出が止まらないはずだ。世界中の人々の想像力、工夫力、数字記憶力がいかに貧弱かを示している。無論私は盤石だ。これらの能力で傑出しているからである。
イタリアの店で、カードの不規則な暗証番号を思い出しつつ打ったせいか、ウェイトレスに盗み見され、その日のうちに偽造カードを使ってアメリカで現金をおろされたこと。エディンバラのホテルで熟睡中の真夜中、難攻不落のはずの巧妙精緻《せいち》なパスワードが何者かに見破られ高価なゲームソフトを買われた、という東京からの緊急電話で叩《たた》き起こされたこと。ヘマはたったのこの二度しかない。

（二〇一七年二月九日号）

「ファースト」

若い頃はとんと女性にモテなかった私だが、アメリカでは生まれつきの底知れぬ魅力が爆発したためか、強烈な体臭として発散されていた異常な量のフェロモンのためか、モテにモテた。帰国後もその勢いは続いた。

自慢が大好きな私は、「モテない典型」と私を決めつける女房に、これら女友達の逸話をしきりに吹いた。無論、イニシャルを用いた。ニューヨークに行った時は「このレストランにイタリア系のCと来たよ」、コロラドのある街角では「ここでドイツ系のPと熱い抱擁をかわしたんだ」という具合だ。日本人の女友達にふれる時はファースト、セカンド、サードなどと使い分けた。嫉妬《しっと》心《しん》のほとんどない女房は、いつも「モテてよかったわね」と祝福してくれる。

ところがいつの頃からか、私が「ファースト」と口にする時だけ、不愉快な表情を見せるのに気付いた。時には厭味《いやみ》さえ言う。女性の勘なのか、「ファースト」に異質のものを感じたらしいのだ。私がうっかり涙ぐんだりしたのかも知れない。女房思いの私は二度と「ファースト」を口にするまいと決意した。以来三十年、「ファースト」は私の禁句となった。

なのに半年ほど前から、トランプ米大統領が「アメリカファースト」、小池都知事が「都民ファースト」をしきりにがなりたてる。耳障《みみざわ》りだ。そもそも都民ファーストは、なぜ都民第一ではいけないのか。

小池都知事は「コンセンサス（合意）の時代からコンビクション（信念）の時代へ」などと英元首相の言葉を引いたりもする。片仮名が多すぎる。それに信念と言えば聞こえはよいが、内容によりけりだ。ヒットラーだって信念の人だった。都民ファーストとは、都民に媚《こ》びただけの無内容な言葉だ。

人権第一、平等第一、公平第一、平和第一、日米安保第一、財政再建第一などもよく耳にするが、大切なのは常にバランスである。〇〇第一とは〇〇原理主義ということで、原理主義はすべて危ういものだ。

それに都知事だからと言って都民のことばかり考えていては困る。東京都の地方税歳入は、下位三十余県のそれらの合計と同じほど大きい。地方への還流を考えなくては地方は滅んでしまう。首都東京の責任だ。

トランプ大統領のアメリカファーストはさらに無意味だ。米大統領の中にアメリカファーストでなかった者が一人でもいたのだろうか。

この百年に限っても、ウィルソン大統領は第一次大戦後のパリ講和会議で、日本の提出した「人種差別撤廃提案」が圧倒的多数で決定されそうになるや、「大切な提案は全会一致で」と詭弁《きべん》を弄《ろう》し打っちゃった。黒人差別社会だったアメリカや植民地帝国のイギリスにとって都合が悪いからだ。日本国民は憤激した。昭和天皇は独白録の中で日米戦争の遠因となったと述べられている。

フーバー大統領はウォール街大暴落の翌年、自国産業を守るため、輸入品への関税を平均四十%まで一気に上げ(ホーリー・スムート法)、極端な保護貿易政策に走った。これは他国の報復関税を呼びこみ恐慌《きょうこう》を大恐慌とし、英仏米などのブロック経済を生み、ついには第二次大戦の素地にまでなった。トルーマン大統領は、戦後世界でアメリカが主導権を握るため、原爆投下という無辜《むこ》の民に対する史上最大とも言える大虐殺《ぎゃくさつ》を行った。

ジョンソン大統領は、トンキン湾事件をでっち上げ北ベトナムを空爆した。ジョージ・W・ブッシュ大統領は、大量破壊兵器の存在というデマを掲げ、イラクを侵略し現在の中東混乱の因《もと》を作った。

TPPは、オバマ大統領がアメリカにとって極めて有利と考え、徹底的な秘密交渉により強行したものだった。トランプ大統領は二国間の協定ならもっと有利にできると考え、アメリカを含む十二カ国が合意したちゃぶ台をひっくり返した。米国大統領は口では自由と民主主義などと美辞麗句を並べながら、徹底した自国中心主義なのである。ファーストはやはり耳障りなのだ。

（二〇一七年二月一六日号）

いくつになっても

アレックスは、私のアメリカでの女友達Eが、コロンビア大学で文化人類学を学んでいた時の指導教官であった。三十数年前、彼が夫人と来日した。Eと同じく夫妻もユダヤ系だった。アメリカの大学の数学教室では教官の半数近くがユダヤ系だったから、初めて会ったアレックスに「ユダヤ系には頭のいい人が多い。とことんアホなユダヤ人に一度会ってみたい」と言った。彼は爆笑してから、「ニューヨークに来たらすぐに何十人でも何百人でもつれて来てやる」と言ってまた笑った。この時から友人になった。

仏教徒とユダヤ教徒がクリスマスカードを毎年交わすというのは、二人の暗黙のジョークだったと思う。私の家族が南仏プロバンスの彼の別荘に一週間もお邪魔したり、彼の息子デイビッドの一家が我が家を訪れたりした。

一年ほど前にアレックスが亡くなった。賢夫人のソニアもさすがに心細くなったのか、「デイビッドが世界中を飛び回るたびに、飛行機の墜落が心配でニュースばかり見てしまう」と書いてよこした。デイビッドは、結核かどうかを血液検査により一時間以内に判定する方法を開発した医学者で、あちこちからひっぱりだこなのだ。それにしても、すでに三人の父親となっている息子に対しての「心配で心配で」にはびっくりした。

私の母を思い出した。二十代末に私が渡米する時、「栄養をきちんと摂《と》りなさい」「お前は何事につけ軽率ですから行動には充分気をつけなさい」などと、当たり前すぎることを次々に注意した。すべて私の耳を素通りした。耳に残ったのは父の一言だけだった。「毛唐との結婚だけは許さんぞ」。

在米中も母は月に一度、電話をかけてきていろいろの注意をした。

ある秋、私のいたコロラド大学がストリーキングの世界新記録を作った。千五百名の男女学生が夜、全裸になって（なぜかソックスと運動靴はつけている）キャンパス内を走り回ったのだ。日本の新聞にも載ったようで、早速電話があった。「バカ騒ぎがあったらしいけど、いくらお前がおっちょこちょいでも参加などしなかったでしょうね」。無論参加はしなかった。アパートに戻ってから、なぜかウズウズしてきて、深夜、素っ裸になりアパート群の中の道路を走り回っただけだ。すぐに若い恋人同士が飛び入りしたのには驚いた。

母の心配性は私が結婚してからも続いた。幼児三人連れの我々が英国ケンブリッジに到着した翌日、ホテルに国際電話がかかってきた。電話に出るやいなや、「無事に着いていたんですか。どうして到着次第電話をよこさないんですか」といきなりどなられた。私にとっては毎度のことだったが、女房は少しショックを受けたようだった。

母やソニアを笑う私だが、どうやら私も似てきたような気がする。次男が七歳の頃、雨上がりの夕方、皆で虹《にじ》を見ていた。と、次男と三男がいなくなり暗くなっても戻らなかった。交通事故か、誘拐か、といても立ってもいられず家族全員で捜索に出た。どこにもいず、狼狽が極に達した私は警察へ連絡しようと電話をとった。そこに二人が帰って来た。

「虹を追ったけどどこまで行ってもたどり着かなかった」と次男が言う。「何でそんなバカな」と叱《しか》ると、「だってライアが虹のたもとに宝物が隠されている、と言ったんだもん」と涙ぐんだ。私の家に泊まっていた英国娘のおとぎ話を信じたのだ。

この次男はいま英国の大学で研究をしている。現地時間の夜遅くにスカイプして出なかったりすると、重病で起きられないのかとまず思ってしまう。三日も出ないと、虹のかわりに女を追ってどこかへ行ったのならよいが、突然死でもしているのかもと心配する。これを見て女房は「神経質すぎる」と言う。機嫌が悪い時は「あなたって小心者ね」と言う。そう言いながら四日目くらいになると、自ら毎日時刻を変えてせっせとスカイプしたり、「生きているなら返事して」などと哀願のメールを送ったりしている。四日分鈍いというだけの違いだ。

（二〇一七年二月二三日号）

第三章　人類の余りにもむなしい姿

私の奥の手

一年余りにわたる満州からの引揚げの後、母、六歳の兄、三歳の私、一歳の妹の母子四人は故郷の諏訪に落着いた。物乞《ものご》いせずとも食べられ、畳に安眠できる日がやっと訪れた頃のある朝、母が私に言った。「お母さんはこれから中耳炎のお兄ちゃんを日赤へ連れて行くから、お前はいい子で留守番しているんだよ」。「痛いよう」と泣いている兄を連れて病院へ行くということは、無論妹をおんぶして行くから私が一人取り残されるということである。私は顔をしかめた。たんす、時計、ラジオくらいしかない六畳間で二、三時間も一人きりでいるのが心細かったし恐かった。

引揚げの時、母を見失うことは死を意味していた。どんなことがあっても母から目を離してはいけなかった。いつでも母の影を目で追っていた。

かといって、母に留守番が心細いとは言えない。「三歳にもなってだらしない！それでも男の子か」と一喝されるからだ。引揚げで阿修羅《あしゅら》のごとく子供を守ってきた母は、それ以来、叱《しか》る時は男言葉だった。頭をフル回転させた私は一計を案じた。「眠くなったらすぐ眠れるように布団《ふとん》を敷いて行って」「妙な子だねえ、まだ朝なのに」。私は三人が出るなり布団にとびこみ、帰って来て起こされるまで眠っていた。私の編み出した留守番時間をゼロにする奥の手だった。

人一倍淋《さび》しがり屋だった私が、いつも一人ぼっちで考え続けるという、最も孤独な職業であろう数学者になったのは不思議なことだ。淋しがり屋なのに群れるのはもっと苦手なのだ。だから、飲み会というのはほとんど出たことがない。

数学者には私のように群れるのを苦手とする人が多く、忘年会など在籍したどの大学でも開かれたことがなかった。作家も孤独な職業だが、父のように週一度、銀座のバーで美しい女性に囲まれ編集者達と飲む、という孤独解消法も私には難しい。酒はワインならグラス一杯、清酒なら一合が精一杯だからだ。

一人では淋しい、群れるのもいや、という性格は実は私自身が持て余している。一週間ほどホテルにこもって原稿を書く時などは、ホテル、レストラン、店などで従業員にやたらに話しかける。おかげでよく行く京都では、ギョーザ屋のお兄さん、寿司《すし》屋のご主人夫婦、そば屋や甘味喫茶のお姉さん、古い豆腐屋の八十八歳のおばあさんなどと親しくなった。街で外国人が地図やスマホで道を探していると、自ら進んで道を教えたり雑談を交したりする。フランス語やドイツ語の練習にもなる。編集者から電話がかかってくると、用件のすんだ後すぐに切られないため、必死に四方山話《よもやまばなし》に誘いこむ。これだけ努力しても一日の会話が合計五分に満たないことがある。そんな時は最終手段として古女房に電話し取るに足らない話をする。

自宅にいても女房が旅行に出かけた時は、喧嘩《けんか》相手がおらず淋しくなる。女房が初めて二泊三日で山へ行った時は、量販店に出向いて大型テレビを買った。大きなものを買うのは淋しさを大いに紛らわせてくれる。腕時計のように小さなものでは重量感からくる迫力に欠け、高価でも癒《いや》しにならない。帰宅して、二十一インチ旧型のあった場所に、倍もありそうな三十二インチがデーンと据えられているのを見た女房は、「何これ!」と叫んだが怒りはしなかった。

味をしめた私は、長男が中学生の頃、女房が友達と旅に出かけている間に新車を買った。新車の目があまりにもセクシーだったのだ。この時も帰って来て「えーっウソー」と頓狂《とんきょう》な声を上げたが、怒りはしなかった。ただしこれ以降、泊まりがけで出る時は必ず、「変なもの買っちゃ絶対ダメよ。買ったら即離婚ですからね」と強く釘《くぎ》を刺してから出発するようになった。

大好きな買い物を封じられた私は仕方なく、女房不在時には磨き抜かれた奥の手、昭和の光源氏としての実力を遺憾《いかん》なく発揮する。　（二〇一七年三月二日号）

グローバル教育の行き着く先

我が国では官民をあげてのグローバル教育が燃え盛っている。筆頭は英語教育だ。先日発表された小中学校の新しい学習指導要領案でも、目玉は小学校の英語が三、四年生に引き下げられたことだ。十年ほど前に五、六年生に英語が初めて導入された時、私は「効果がないことがいずれ分かり、三、四年生に引き下げられるだろう。それでも効果のないことがやがて分かり、一、二年生に引き下げられるはずだ」と書いた。その通りの進行のようだ。

一、二年生まで下げても、日本人は英語を自由に操れるようにはなれない、といくら言っても教育関係者、財界、とりわけ国民は分からないようだ。そもそも英語を教えられる能力の最低限と言える英検準一級の力を持つ小学校教員が、たったの〇・八％しかいないのだ。それに加え、ＡＩの著しい発展により、七、八年後には充分に実用可能な自動翻訳機能がスマホにつくと専門家が断言している。今の小学生が大学を出る頃には、スマホに向かって日本語を話すだけで直ちに英語が音声として出てくる。この状況下で小学校における英語強化とは、頭がくらくらする。

グローバル教育として小中高大で英語に次いで望まれているのは、コミュニケーションやプレゼンテーションの能力向上という。そのためにはアクティブ・ラーニングが有効と信じられている。片仮名ばかりなのはアメリカの真似《まね》だからだ。向こうの大学で教えた経験に照らしても、大統領選での大騒ぎぶりや国際テストでの子供達の成績を見ても、アメリカの教育がさほど成功しているようには見えないのだが。

アクティブ・ラーニングとは体験学習、ディベート、ディスカッションなどのことらしい。これは多少ならとり入れてもよい。アメリカでは、1|2＋1|3もできず、地図上で日本を指せない人々が、堂々と論理的に自らの意見を述べる。フランス人、中国人、インド人などもつまらないことを自信満々に語る。「国際会議の議長は、インド人を黙らせ日本人にしゃべらせれば成功」というジョークまであるほど日本人は話さない。「こんなことを言ったら誰かを傷つけないか」

「場違いなことを言ってしまわないか」「つまらない発言と見下されないか」などと心配し躊躇《ちゅうちょ》してしまうのだ。控え目なことは国内では美徳の一つと言えようが、海外では「意見を言わない人」＝「意見のない人」と見なされかねない。ただ、肝腎《かんじん》なのは、いくらディベートやディスカッションを重ねても論理的に話すことに慣れるだけということだ。堂々と論理的に話すことと内容の質とが無関係なのは、アメリカ人を見れば分かる。

かつて山本夏彦翁《おう》は「三人寄れば文殊の知恵」をもじって、「バカが三人寄れば三倍バカになる」と喝破した。いくら皆で熱心に話し合っても、各自に充分な知識や教養がない限り、つまらぬおしゃべりの域を出ないということだ。

情報ならインターネットやスマホで事足りるが、知識や教養となるとどうしても新聞や本を読まねば身につかない。グローバル教育の御旗の下、いくら英語やプレゼンテーションやコミュニケーション能力を磨いても、世界に出たら評価の対象となるのは内容であり、教養や見識である。流暢《りゅうちょう》な英語でとうとうと語り、パワーポイントを用い美しい図表で上手に説明しても、空疎《くうそ》な内容では物笑いの種となるだけだ。国語や算数など人間としての基盤を作るものには、膨大な時間と努力が必要となる。

グローバル教育という皮相的なものが他の重要教科、とりわけ知的活動の基礎として初等教育で圧倒的に大切な国語の充実を妨げているし、今後さらに大きく妨げるだろう。ここ二十年間の教育界は、ゆとり教育、フィンランド式教育、グローバル教育と次々に他国の真似ばかりしている。この節操のなさ、自信のなさは何なのだろう。グローバル教育などにうつつを抜かしていると、日本中が中味のない口舌の徒ばかりとなる。

（二〇一七年三月九日号）

夢か現《うつつ》か幻か

ポルトガル人作家モラエスは、最愛の妻おヨネをなくした翌大正二年、二十年余りにわたる神戸での生活を切り上げ、徳島へ移った。おヨネの墓を守りながらここで余生を送ろうと決意したのである。移って半年ほどたった頃こう書いた。「徳島！　私が居を定めた地。なすこともなく刺激のない日々を送る孤独な私がそぞろ歩きをする地。時には単に夢を見ているのではないかと思えるほどである」（『徳島の盆踊り』）。

神戸では、おヨネとの満ち足りた生活に加え、華やかな社交もあったが、徳島では知人といえばおヨネの姉一家くらいしかなかった。モラエスがポルトガルの高名な作家であることや在神戸総領事だったことを知る人もいなかった。「ひげモジャの変った西洋人」として隠棲《いんせい》していた。境遇の激変に意識がついて行けなかったのだろう。

私にも似た経験がある。アメリカの大学で二年ほど教えていた私は、お見合いをかねて一時帰国した（振られた）。狭小な道路にひしめき合う自動車群、駅や商店街の雑踏、小さな家々、などアメリカに慣れ親しんでいた目には何もかも異様で、外国にいるような気分だった。

ところがその一年後にアメリカ生活を畳んで帰国し、半年ほどたち日本に慣れた頃、今度は本当に自分がアメリカにいたのかと自問するようになった。広大なアメリカを縦横に車で走り回り、ロッキー山脈の麓《ふもと》の大学で講義をし、夢の中でも英語をしゃべっていた日々。金髪娘とデートし、大学キャフェテリアで毎日のようにミートローフとブルーベリーパイを食べた日々。それらが夢か幻だったように思えた。本当に三年間もアメリカにいたのか、にわかには信じ難かった。

こんな現象は誰にでも起きるようだ。イギリスでの生活を終えて帰国して半年ほどたち、日本の忙しい日常にどっぷり巻き込まれた頃、女房が「本当に私達イギリスに住んでいたのかしら」と洩《も》らした。大学町ケンブリッジで、中世の建物や、一年中緑の芝生に囲まれ、英国人やアイルランド人やユダヤ人、米加中台豪、ポーランドやパキスタンからの人々との交際の日々と、現在との落差が余りに大きく処理しきれなかったのだろう。三男は昨年、連休を利用し、イギリスに住む次男とマルタとシチリアを旅した。帰国後一ヵ月ほどして日常に戻った頃、いつも論理的な彼が「毎日地中海料理に舌鼓《したつづみ》を打ち、青い空や青い海を見ながらギリシアやローマの遺跡を巡っていたのは夢だったのか、と思ったりするんだ」と言った。

環境の激変は場所の変化だけではない。父は私が三十六歳だった二月の寒い朝、私の腕の中で息を引き取った。前年から毎日新聞に連載し始めたモラエスの評伝『孤愁　サウダーデ』にかけた父の気迫は、家族にもひしひしと伝わるほどだった。その精力的な執筆の最中の急逝だった（三十年かけて私が書き継ぎ、新田次郎・藤原正彦共作として文春文庫）。

父の死後一、二年は精神的に不安定だった。霊柩車《れいきゅうしゃ》を目にするたびに、遺影を抱いた私の乗る霊柩車に向かい、道端で深々とお辞儀していた近所のソバ屋の主人の喪服姿を思い出し、涙ぐんだりした。父が可愛《かわい》がっていた人だ。電柱に貼《は》られた葬式案内を見ただけで眼頭が熱くなった。そして父のいない世界を到底認めることができなかった。私にとって天地が引っくり返るような天変地異が起きたのに、街を行く人々の表情も車の動きも、何もかも父の生きていた頃と同じように流れている。私一人が父の死という夢を見ているのではと思った。

夢か現実かと戸惑うことは誰にもあるのだろう。私はその判定方法を知らず、今現在が夢かどうかすら不明だ。「頰をつねってみる」というのは当てにならない。夢の中で余りにうれしいことが起きた私は、「これは夢かも知れない」と夢の中で自問し、夢の中で頰をつねり、「痛いからやはり現実」と夢の中で結論したことがあるからだ。「余りにうれしいこと」が何であったか思い出せない。

（二〇一七年三月一六日号）

哀《かな》しい常識

　大学などの研究機関が軍事研究に手を染めてよいかどうか、が問題となるのは世界中を見わたしても戦後の我が国だけのようだ。占領下の一九五〇年に、学者の総元締めとされる日本学術会議は、「戦争を目的とする科学の研究には絶対従わない」との声明を出した。占領軍の強い圧力下だったし、戦争の悲惨を経験したばかりだったからこの声明は理解できる。同会議は一九六七年にも「軍事目的の科学研究を行わない」との声明を出した。その頃、院生だった私は数学に集中していて政治には無関心だったから、構内の「軍学共同を許すな」の立看板を見ながら、「それにこしたことはない」くらいにぼんやり考えていた。

　先週、同会議は五〇年と六七年の二つの声明を継承すると発表した。防衛省による研究費助成の公募が始まったためだ。これに大学の研究者が参加すると、防衛省や政府による研究への介入が強まり学問の自由がそこなわれるという理由らしい。腑《ふ》に落ちない。防衛省の研究に応募するか否《いな》かはあくまで個人の自由意志によるものだから、「防衛省の介入」ではなく「研究者個人の防衛省との協力」にすぎない。学問の自由とは無関係な話である。

それより何より、時代認識を余りに欠いている。前回の声明はちょうど五十年前で、極東に地政学的緊張はほとんどなかった。それが今や、北朝鮮は核ミサイルで日本など周辺国を脅《おびやか》し、軍事大国となった中国は南シナ海を国際法に反して占拠し、尖閣《せんかく》諸島などのある東シナ海までも自分のものにしようとしている。世界の警察として君臨していたアメリカは往年の力を失い、「もう世界の警察はやめた」と米大統領までが宣言した。戦後、今ほど国防、とりわけ自主防衛力の向上が望まれる時はないのだ。

その上、理工系の研究の大半は軍事に転用できると言って過言ではない。応用科学は無論、理論科学だってそうだ。相対性理論は核爆弾につながったし、量子力学は半導体につながり、エレクトロニクスに、そしてほぼ全《すべ》ての現代兵器につながっている。民生と軍事との線引きは不可能と言ってよい。私の専門である数論のように無用と思われていたものでも、暗号をはじめ軍事に役立っている。

ケンブリッジ大学の数学者アラン・チューリングは第二次大戦中、英国におけるエニグマ暗号解読の司令塔だった。英国に向かう船舶がドイツの無制限潜水艦作戦により毎月数十万トンも撃沈されたため、英国は武器、弾薬、食糧の厳しい欠乏に見舞われた。チューリング達数学者の必死の努力による暗号解読のおかげで、護送船団は潜水艦を回避できるようになり、英国は降伏寸前の危機を乗り切ることができた。置換群論が役立った。チューリングはその過程で、戦前に自らが著した数学論文の具現化として、世界初のコンピュータを製作した。

人類史上最大の発明と言ってよいコンピュータは数学の軍事目的での研究により生まれたのだ。「数学者によるエニグマ暗号解読は大戦を少なくとも二年は短縮した」と歴史学者のヒンズレー卿は述べている。数百万の生命を救ったということでもある。

チューリング達数学者の軍事協力は許されないものなのか。祖国を守るために国民の一人一人が全力をつくすのは美徳ではないのか。今般の声明は、平和愛好を高らかに謳《うた》っただけのものだ。平和を高らかに唱える人は自らを高邁《こうまい》な人道主義者と見なし自己陶酔すると同時に、そうでない人を軍国主義者と見下す傾向がある。

しかしこの世界に、自分が、親が、子が、友人が、恋人が、同胞が、砲弾で切り裂かれる戦争を好む者が一人でもいようか。人を殺す組織である軍隊、人を殺す道具である兵器を、充分に保有することだけが戦争を未然に防ぎうる、というやるせない現実があるだけだ。それが人類の余りにもむなしい姿であり、哀しい常識なのである。日本学術会議の浅慮と無邪気な声明には落胆させられた。

（二〇一七年三月二三日号）

怖いのだけど

ケンブリッジ大学のクイーンズ・コレッジには、築五百年近くの学長宅がある。木造三階建ての国宝級エリザベス朝建造物だ。ここに夫婦で招待されたことがある。二階のロング・ギャラリーと呼ばれる部屋が印象的だった。六メートルほどの幅に対し長さが二十五メートルほどもある。宗教改革に大きな影響を及ぼしたエラスムスが使用していた椅子《いす》や、四世紀前の学長が集めた蝶《ちょう》や金蠅《きんばえ》の標本などを、学長は得意気に見せてくれた。

驚いたのは部屋の壁面が床に垂直でないことだった。地球物理学者の彼に尋ねた。「イギリスに地震はないのですか」「三百年前と四百年前に大地震があってからほとんどありません」「震度はどのくらいでした」「震度二と言われています」。思わず笑ってしまった。これなら壁が傾いていても大丈夫だ。

十年ほど前、東京のホテルに滞在していた英国人数学者から、興奮した声の電話がかかってきた。「マサヒコ！　今、たった今、僕は生まれて初めて地震を経験したんだ」。それだけだった。一分ほど前に震度一か二の揺れがあったのを思い出した。この程度の地震で興奮する英国人がおかしかった。

日本人にとって震度一と二は話題にもならない。震度三で少しだけ緊張する。震度四になると、「もしかしたら」と思い念のためガスの栓を閉めたりするのが一般的だろう。日本は年平均で、震度一以上なら約千五百回、震度四以上でも数十回はある地震大国なのである。

その本場で鍛えられていたはずの私が、東日本大震災で震度五強を経験してから地震が怖くなった。あの日、マンションの四階にある仕事場で、机に広げられた書きかけの原稿用紙にマグカップいっぱいにつがれたコーヒーがこぼれるのを止めようともせず、机に両手でしがみついていた。津波による、世の終りかというような状況をテレビで目の当《ま》たり《あ》にしながら一時間も揺れていたから、衝撃と船酔いで気分さえ悪くなった。

仕事場から二十分ほどの我が家では二階で勉強していた息子が余りの揺れに玄関

から飛び出した。やはり飛び出した隣人が「おたくはずいぶん揺れていますね」と心配するほど大きく揺れていたという。

我が家は階段と二階に備え付けの大本棚があり、数千冊の本があるから重心が高く不安定なのだ。そのうえ近所の塀は無事だったのに我が家の大谷《おおや》石《いし》塀だけが半分ほど崩れてしまった。

あれ以来、震度三程度でも、大地震かと緊張するようになった。

先日泊まった神戸の高層ホテルで、夜中に目の回るような感覚で目が覚めた。トイレに立ったがフラフラと壁にぶつかったりする。身体《からだ》の異常なのかと不安に駆られた。廊下から聞こえた甲高い早口の中国語や走る音でようやっと地震と閃《ひらめ》いた。十七階の部屋だったからユーラユーラだったのだ。慌《あわ》てふためいた中国人が非常口へ行ったり来たり走っている。一緒に走っては日本人としての沽券《こけん》にかかわる。私はいつでも飛び出せるよう身支度を整えベッドに坐《すわ》り懐中電灯を握りしめていた。

翌日の朝刊に震度三と出ていたので赤面した。

先日、長年の友人であるオックスフォード大出身の弁護士宅に招かれた。東日本大震災の時、彼は霞が関の三十階のオフィスにいたという。十年余りも日本に住んでいたから地震には慣れていたが、この時ばかりは一メートル以上のユーラユーラに、さすがの彼も動揺したらしい。

英国の紳士道と日本の武士道は極めて似ていて、泰然自若は求められる徳目の一つである。彼は私に言った。「僕は何はさておき、壁や机につかまりながら窓辺に新聞を取りに行ったんだ。そして急いでそばのソファに腰を下ろし新聞を広げたんだ」。私が吹き出し、彼が吹き出した。何食わぬ顔で新聞を読むふりをする以外に、紳士としての面子《めんつ》を保てなかったのだ。武士道も紳士道もやせ我慢なのである。神戸の震度三で中国人と廊下を競走しそうにまでなっていたことは、とても切り出せなかった。

（二〇一七年三月三〇日号）

沖縄の光と影

例年通り、三月の一週間を沖縄で過ごした。スギ花粉を避けつつ、沖縄の陽光と青い海に縮こまった体と心を解き放ち、当地の素晴らしい仲間たちと再会するためである。那覇《なは》空港でレンタカーを借り、開け放った窓から花粉のない心地よい風を受け、南国の強い光や濃い影になぜか郷愁に似たものを感じながら、五十八号線を北上した。

別の女性と来てもよかったと例年思いつつ、誰一人ついて来てくれないので今年も愚妻と一緒だ。ところがこのルンルン気分が、空港を出て十数キロも行かないうちに冷やされる。道路の右側に普天間米軍基地が現れるのだ。張りめぐらされた金網の最上部五十センチほどは有刺鉄線で道側にせり出している。二十年余り前に初めてこのせり出しを見た時は、悔しくて涙が出た。今も頭に血がかけのぼる。「戦後七十年以上もたっているのにまだ占領中ではないか」「なぜ自衛隊ではなくアメリカ軍なんだ」。普天間を過ぎてもキャンプフォスター、成田や関空と並ぶ日本最大級の嘉手納《かでな》基地、嘉手納弾薬庫と米軍施設が数十キロも続く。それが終ってしばらくするとキャンプハンセンだ。沖縄で一番美しい五十八号線に沿って、一番よい場所に米軍は基地を作ったのである。国辱とはこのことと憤《いきどお》ったり、沖縄の光と影に心を沈ませつつ、言葉少なに運転する。

中北部に入り、米軍基地が海岸から離れると、やっと平常心を取り戻し沖縄の海の碧《あお》さに心打たれる。ホテルの部屋のベランダに出ると、目の前に広がる海のきらめきとのどかな潮騒が満腔《まんこう》にしみわたり、「来たぞー、沖縄」と叫びたくなる。夕食は無論、ゴーヤチャンプルー、グルクン揚げ、ジーマミ豆腐、モズク、アーサなど美味で健康に良い沖縄料理に舌鼓を打つ。この幸せも翌朝破られる。部屋に配られる地元紙だ。沖縄タイムスか琉球新報なのだが偏向ぶりがひどい。

友人のHさんに尋ねた。「多くの県民がこの二紙を読んでいるんですか」「沖縄では新聞と言ったらこの二紙です。米軍基地反対と反政府の記事が載らない日はありません。一方で中国公船の領海侵犯はまず載りません」。米軍基地に対する沖縄県民の怒りは当然であり、私は完全に支持する。戦後の沖縄の問題は、平均年収が四十七都道府県中の四十七位という貧困を含め、ほとんどが島を蹂躙《じゅうりん》する米軍基地に帰因するからだ。

この膨大な米軍基地が交通整備や産業開発を難しくし、経済発展の軛《くびき》となっている。歴代政府は七十年余りものあいだ対米屈従に甘んじ、この大問題の根本解決を怠り、我が国の主権を愚弄する地位協定にも手を付けず、経済振興という名の〝ばらまき〟で県民の目をくらましてきた。政府のこの意気地なさと狡猾《こうかつ》。これが戦時中から形容し難い辛酸を舐《な》めさせてきた県民への接し方なのか。

しかしながら、中国が南シナ海や東シナ海で狼藉《ろうぜき》を働き、北朝鮮が核ミサイルを配備した今、米軍基地は我が国の国防の要となった。もはや沖縄固有の問題ではなくなっている。

県民が不平不満を大声で叫び続けても何の効果もない。知事の訪問に対する日米政府の冷淡を見れば明らかである。アメリカに守ってもらっている限り、我が国は属国であり米軍基地もなくならない。この屈従状態から脱け出し自立するには自主防衛しかない。どうしたらそれが実現できるかだけが本質なのだ。二紙のごとく、反米とか反政府を闇雲《やみくも》に煽《あお》るのは的外れであり、県民の目を本質からそらすという点で反沖縄的行為でもある。

Hさんは続けた。「あの二紙が沖縄の世論を作っているから、それに合った主張をする人しか選挙で勝てません。翁長《おなが》知事だって元は自民県連の幹事長として辺野古移転の旗振りをしていた人。知事になりたくて変身したんです」「二紙とは異なる意見の人もいるのでは」「知事はいつも『我々沖縄県民は』と言いますが、実は、中は賛否半々です。世論と違うことを言うと批判されるから誰も本音でものを言えないのです」。Hさんは暗い表情をかき消そうとしてか泡盛を一飲みにした。

（二〇一七年四月六日号）

篠笛《しのぶえ》の唇

女房が言った。「あなたは偉そうなことを言うくせに日本人としての教養が足りないわ」「だから何だ」「京都で篠笛の講習会があるから申し込んでおきました」「五条の橋で弁慶に出会った義経《よしつね》が吹いていた笛か」「あれは龍笛《りゅうてき》。篠笛の親戚《しんせき》よ」「一の谷の合戦で、源氏側の猛将熊谷直実《くまがいなおざね》に首をとられた平敦盛《たいらのあつもり》が、腰につけていた名笛小枝《さえだ》はどっちだ」「あれも龍笛」。

合戦の朝に平家の陣中から聞こえてきたのは、十六歳の美少年平敦盛の笛だった。無常を感じた直実は後に出家した。この名笛小枝の実物を一の谷にほど近い須磨寺《すまでら》で見た。

「それなら篠笛でなく龍笛を習いたい」「龍笛は貴族や武将のもの。あなたは信州山奥のただの庶民だからどう見ても篠笛だわ。音は似ているはずよ」。

敦盛を偲《しの》んで作られた明治の文部省唱歌「青葉の笛」は、母が祖母から、私が母から教わったもので、世界一悲しい歌と私の信ずる曲である。〈一の谷の　軍《いくさ》破れ討たれし平家の　公達《きんだち》あわれ　暁寒き　須磨《すま》の嵐《あらし》に　聞えしはこれか　青葉の笛〉。これを自分で吹けるなんて、と参加を快諾した。

小雨の中、旧三井家下鴨《しもがも》別邸に向かった。立派な日本建築の二階に上ると、二十畳ほどの和室があった。並んだ座布団《ざぶとん》を見て「しまった」と思った。身体が固く、正坐《せいざ》は五分、胡坐《あぐら》さえ十分ともたないのだ。こうなったら仕方ない。正坐、胡坐、片脚伸ばしを、五分毎にするしかないと覚悟した。参加者二十数名で、男性は私を含め四人だけだった。五十歳以下は一人もいない。若者はやはりだめだ。

薄桃色の和服の、四十代と見える先生がしずしずと登場し、正坐すると私達に深々とお辞儀した。上品だ。京都弁が奥床しい。好みだ。

一本ずつ配られた篠笛は、フルートより短く三十センチほどの竹の筒だ。左側に一つ、右側に七つの穴が開いただけのもので、筒の中は赤い漆が塗ってあった。左の穴が息を吹きこむ唄口《うたくち》、右の穴が両手の指先で押さえ音階を出す指穴だ。第一の関門は音を出すことである。ハーモニカと違い闇雲に吹いても音が出ないのだ。高校生の頃に叔父のフルートを半時間も吹いて音の出なかったことが思い出され、いやな予感がした。

先生の言う通りに唇を唄口の手前に添えて吹くと、直ちに美しい音が出た。周りの者は苦戦している。隠れた才能発見と得意になっていたら右隣りの女房が、「あなた、それ口笛じゃないの」と言った。確かに澄んだ高音で、先生の出す味わいのある音とはいささか違う。どちらか分らなかったので、笛を口から離し同じように吹いてみた。美しい音が出た。口笛と判明した。

先生が一人ずつ指導し始めた。私に魅《ひ》かれたのかすぐに来てくれた。私の正面に坐り、白い指先で私の笛を支え、私の唇にそっと押しあててくれた。なぜかうっとりしていたら「さあ吹いてみて下さい」とやさしく言った。音が出ない。先生は私の笛の唄口のすぐ前に顔を近づけて、ほんの少しだけ笛を回転させると「穴の中に吹きこむのでなく上をすべるように吹いて下さい」と言った。思い切り吹くと先生の顔に私の息がもろにかかり前髪が舞い上がった。先生は顔を後退させた。

皆はほどなく音を出し始め、ソファ、ソファと合奏が始まった。私の笛だけは、粗悪品なのか音を出さなかった。脚の組み換えと格闘する一時間半だった。

帰り道は鴨川辺りを歩いた。女房が「あなたロウソクの火を吹き消す時のように吹いていたわ。ひょっとこ口でなく横に広げるのよ」と言った。「もっと早く言え」「先生の唇を見ていれば明らかじゃないの」。先生の唇ならよく見ていたが他のことを考えていたようだ。

小雨は止《や》み、春宵が川岸に立ちこめていた。

女房が言った。「先生が最後に吹いた『月』を、月夜の晩に嵯峨野《さがの》の祇王寺《ぎおうじ》で聴いてみたいわ」「『青葉の笛』を金戒光明寺《こんかいこうみょうじ》に並ぶ直実と敦盛の五輪の塔の前で聴きたい」。

芽吹き始めた柳が一陣の風にふっと揺れた。

（二〇一七年四月一三日号）

思い出のメランコリー

例年通り三月末に京都の桜を見に行った。開花予想は一週間も前だったのに、進行が大幅に遅れているらしくまだつぼみだった。四月四日まで待ったがまだ半分はつぼみだったので、諦《あきら》めて東京に戻り、自宅から一キロ余りの井の頭公園に行くと、八分咲きだったものの、池の周りの桜が太くたくましい枝を池に向かって突き出していて見事だ。

例年は一度だけ見て、務めを果たしたような気分になっていたのに、今年はなぜか毎日、しかも朝と晩にここを訪れている。そしてしきりに様々なことを思い出す。

桜に混じって辛夷《こぶし》があったが、この花は桜より一足早く咲くため信州では春告花《はるつげばな》とも言われ、まだ冬景色の山の斜面に純白の花をつける。父は子供の頃、春の到来を告げる辛夷を見つけると、嬉《うれ》しくなって山に分け入り、木肌を手で何度もさすったという。

父は白い花が好きで、自宅の庭にも辛夷、木蓮《もくれん》、花水木などを植えていた。厳寒の朝に亡《な》くなった父の四十九日に、庭の辛夷が満開なのを見て、「もう少し待ったら見られたのに」と涙ぐんだことを思い出したりした。

井の頭公園を朝訪れると、桜の下に青いシートを敷き若手社員やら学生やらが、数人ずつ楽しそうにおしゃべりしている。昔は陣取りは男性と決まっていたが、今は女性もいれば家族連れも外国人もいる。二十畳もあるシートの上にたった一人で陣取っている若い女性もいる。豪の者なのだろう。昼近くにはもう食べたり飲んだりが始まっている。笑い声を耳にしながら、萩原朔太郎《はぎわらさくたろう》の「桜」を思い出した。

桜のしたに人あまたつどひ居ぬ
なにをして遊ぶならむ。
われも桜の木の下に立ちてみたれども
わがこころはつめたくして
花びらの散りておつるにも涙こぼるるのみ。

いとほしや
いま春の日のまひるどき
あながちに悲しきものをみつめたる我にしもあらぬを。

桜を前にした、平安歌人の〈もののあはれ〉ではない、若き日のメランコリーとでもいうものに、二十代の私はいたく共感した。米国留学の際、数学以外の本は三冊しか持参しなかったが、その一つが朔太郎詩集だったほどだ。三十代以降は、女々しさやナルシシズムがいささか鼻につき、この詩から遠ざかっていた。それが今年は公園を歩きながらこの詩が久しぶりに思い出され、そのますっかり胸に付着している。ただし、〈もののあはれ〉でも若き日のメランコリーでもない、思い出のメランコリーだ。

我が家の近所には、武蔵野市役所通りと呼ばれる桜の名所もある。歩いて三十分だ。ここへ桜を見に行く時は、成蹊大学そばの閑静な住宅街を貫く、ある道をわざわざ通る。幅八メートルほどのこの道の片側には、直径一メートル近くのよじれによじれた真っ黒な桜の古木だけが二、三十本も連なっている。

赤ん坊の長男をベビーカーに乗せ、母とここの桜を見に来たことを思い出した。昨秋亡くなった母はあの頃まだ六十代前半だった。桜の下で母と長男の写真をとったが、どの桜だったのだろうと探したり、あの時の母の嬉しそうな顔を思い出す。父が突然に亡くなって半年後に生まれた長男は、暗く沈んでいた我が家の、とりわけ涙にくれてばかりいた母にとって唯一《ただひと》つの光明だった。

先日、夜桜を見ようと夕食後に市役所前の一キロほどの大通りに行くと、ライトアップされ満開の桜のアーケードとなっていた。息を呑《の》むような光景に佇《たたず》んでいると、近くの老人施設にいた母に桜を見せようと、車椅子に乗せここまで来たことが思い出された。母は桜吹雪が顔にかかるのを払うでもなくじっとしていた。

私は市役所通りを横に折れた。毎週末、母の所に家族で通った道だった。ここの両側にも満開の桜が続いているのに誰一人いない。

私はこの通い慣れた道に誘い込まれるように歩を進めた。施設が見えるところまで来て、「母はもういない」と我に返り、踵《きびす》を返した。　（二〇一七年四月二〇日号）

忘却の世界史

三月まで愚にもつかない豊洲《とよす》移転や森友学園などに熱を入れていたメディアが、四月に入るとシリアと北朝鮮一色となった。四月初めにアメリカは、シリアのアサド政権がサリンを用い市民とりわけ子供までを殺している、という人道上の理由でトマホークにより攻撃した。理由の真偽は不明だ。

アメリカは「イラクが大量破壊兵器を隠している」というデマをでっち上げ、イラクに侵攻しフセイン大統領を死刑に追いこんだ前科がある。たとえサリンが使われたとしてもアサド政権の仕業かどうかは分らない。アメリカは自作自演の大家でもあるからだ。例えば、ベトナム戦争で、北ベトナムへの本格的空爆を始めるため、「米駆逐艦が北ベトナムによる魚雷攻撃を受けた」とでっち上げた。

英語が国際語となってから、英米メディアの発信力が理不尽なほど圧倒的となっていて、我が国のメディアはこれらを鵜呑《うの》みにして伝えがちだ。清廉《せいれん》で穏やかな眼科医という評判のアサド大統領を、フセイン大統領やリビアのカダフィ大佐と同様、悪の象徴にしてしまった。

今、アメリカはテロとの戦いと称しイスラム過激派組織ISを叩《たた》いているが、そもそもISは、二〇〇三年のイラク戦争でフセイン大統領を追放したために始まった、シーア派とスンニ派との内戦の中で生まれたものだ。フセインは巧《うま》く両派の確執を抑えていたのである。アメリカの介入によりイラク国民は長く辛酸をなめることとなった。

二〇一〇年からの「アラブの春」と言われる「民主化運動」だって、アメリカとEUが一緒になって、政権を倒すために画策したものだった。

その結果、北アフリカや中近東の多くの国で独裁政権が倒されたが、ほとんどの国は未《いま》だ混乱のるつぼにある。名宰相カダフィを殺したため福祉国家リビアは今も内戦中だ。シリア内戦もその一つだから、EUを分断することとなった大量移民はEUの自業自得《じごうじとく》と言えるものなのだ。

欧米による「アラブの春」は、独裁者の下で見事に治まっていた地に、血で血を洗う抗争をもたらしたのである。そもそもここ百年のパレスチナを含む中近東の混乱は、ほぼすべて第一次大戦中の英国の三枚舌外交に端を発し、それを継いだアメリカの介入により悪化したものだ。アラブ人はそれを忘れていない。

メディアはアメリカによる北朝鮮への攻撃が今にも始まりそうと言い立てる。評論家や学者たちがメディアに登場しては危機感を煽る。異口同音に「アメリカにとって米大陸に届く核ミサイルの完成がレッドラインであり、その前に北朝鮮を叩く」と言う。米政府の広報機関のようだ。確かにアメリカにとって、金正恩の如《ご》き狂犬がニューヨークに核ミサイルの照準を定めたとしたら悪夢だが、我が国にとってはあくまで二義的なことだ。

最も重要な事実は、狂犬の核ミサイルがすでに日本の大都市や米軍基地に照準を合わせていて、米軍の強力な攻撃をもってしても発射能力を一気に壊滅できないということだ。東京に撃ちこまれれば百万人をこえる死傷者がでると言われている。我が国のレッドラインはとっくに越えている。日本は米軍による北朝鮮攻撃を文字通り命がけで止めさせなければならないのだ。

ここ百年、欧米による海外介入はほぼ常に失敗し、その後の混乱を惹起《じゃっき》してきた。

頭には国益しかないからだ。

とりわけアメリカは介入前に美辞麗句をふりかざす。二十世紀初頭までは「文明化」によりインディアンを虐殺《ぎゃくさつ》し、西部諸州をメキシコから強奪し、ハワイやフィリピンを侵略した。第二次大戦頃からは自由、平等、民主主義、人道などを理由に世界中に干渉する。これらが無意味な言葉であることはすでに十年前に『国家の品格』で述べた。なのに我がメディアは、今やグローバリズム正当化の合言葉でしかないこれらを金科玉条のごとく奉《たてまつ》っている。

アメリカが人道的見地から、狂犬ですらしないことを広島と長崎になしたことさえ、忘れているようだ。

（二〇一七年四月二七日号）

ユーモアとバランス

ケンブリッジ大学に着いてすぐの頃、立派なあごひげの数学科講師Cが私の研究室を訪れた。半時間ほど冗談の応酬をした後、彼は唐突に「イギリスで最も大切なのはユーモアだ」と言い切った。この意味はすぐには理解できなかった。天才数学者とは言え三十代前半の若造の言うこと、くらいに考えていた。時がたつにつれ、この言葉の重さが次第に分かってきた。イギリスで他の学者、政治家、経済人など十数人に尋ねると、何と全員が数秒の小考の後、その言葉に同意したのである。ユーモアには駄ジャレから辛辣《しんらつ》な皮肉や風刺、ブラックユーモアなど多種多様あるが、これらすべてに共通なのは、「いったん自らを状況の外におく」という姿勢である。「対象にのめりこまず距離をおく」ということだ。ユーモアとはバランス感覚の誇張された表現と言ってよい。イギリス人は競争のことをよくラットレースと言う。ネズミには一匹が走り出すと一斉に他も走り出すという習性があるが、彼らはこういう競争を最も嫌う。だから我が国のような受験競争はイギリスでは起きない。

ところが一九八〇年代の頃から、アメリカ発の「競争と評価」が経済ばかりか学問の世界にも押し寄せ、論文生産競争が始まった。

C講師によると、高名な数学者のスウィナートン＝ダイアー教授は、その頃にケンブリッジ大学の副学長（学長はエディンバラ公なので実質的には学長）を辞したが、離任演説でこう述べたという。「ケンブリッジには素晴らしい才能に恵まれた教官が数多くいる。残念なのは、多くが半分のスピードでしか走っていないことだ」。

Cは付け加えた。「生まれながらの貴族であるスウィナートン＝ダイアー教授は、名門イートン校創立以来と謳《うた》われた数学の天才で、高校時代に最初の数学論文を書いたんだ」「彼ならね」「それればかりか、浴槽の中でしか数学をしないと公言した人だ。それに前歯は入れ歯なんだ。中学生の頃に校長に嚙《か》みついたらしい」「ハハハ、でも離任演説はイヤミだね」。Cはこれには答えず「彼はブリッジの英国代表に二度もなったし、チェスでもケンブリッジ大学代表になっている」と言った。顔を見合わせて笑った。論文生産競争とは程遠い流儀で研究に取り組み、バーチ・スウィナートン＝ダイアー予想という現在も未解決の最重要予想を確立した彼だから、自信に裏打ちされた自虐ユーモアだったのだろう。

競争と評価の時代に生き残るため、どの分野でもお手軽な論文が激増しているが、重要な科学的発見のほとんどは、競争ではなく内発的動機によりなされてきた。

競争と評価は少し遅れて我が国でも、グローバル化とともに導入された。イギリス人と違いバランス感覚を欠きがちな日本人は、それをほとんど無批判に受け入れた。その結果、国立大学への交付金はここ十年余り、毎年一％ずつ減らされ、逆に公募による競争的資金は増加した。競争的資金の半分は有力五大学がとってしまうから、他の大学では研究がままならなくなっている。

予算減により常勤ポストが大幅に減らされたため、四十歳以下の研究者の大半は不安定な任期つきだ。これでは若手は腰を据えた研究はできない。日本はこれまでに自然科学で二十二名のノーベル賞受賞者を産んだが、それら発見はほぼすべて四十歳以下かつ任期のないポストにいてなされたものである。若手が落ち着いて研究できない、という状況だから博士課程進学者は減り続けている。大学教官は研究費目当ての書類作りに忙殺され、「グローバル人材育成推進」をはじめ助成金を文科省は次々に創るから、それらに対しての会議や書類作りにも追われる。常勤教官数の激減により研究以外の負担は格段にふくらんだ。安定したポストをもつ教授さえ研究時間を充分にとれないのだ。

この十年間で中国の百八十％増を筆頭に各国が論文数を大きく伸ばしているのに、日本だけが振るわない。三月のネイチャー誌に「日本の科学技術の失速」という見出しの記事が載った程だ。行き過ぎた競争と評価により、我が国の栄光ある科学研究が地滑り的崩壊を始めている。

（二〇一七年五月四日・一一日号）

第四章　確固たる自信のない人

読書ほど得なことはない

「あなたは筆が遅い」と女房によく言われる。書くことが決まると速いが、決まるまでに時間がかかり過ぎると言うのだ。父と私を比べてのことらしい。

年譜を調べると、父は気象庁に勤めていた頃でさえ、ほぼ常に連載を二つは同時進行させていた。「小説新潮」「オール讀物」「小説現代」など月刊文芸誌の常連でもあり、年に千五百枚は書いていた。それに比べ私の方は、大学に勤めていた頃は年に百五十枚くらいだから十分の一だ。大学を辞めた後だってせいぜい四百枚である。

「あなたは明けても暮れても調べてばかり。お父様のように適当に切り上げないと。いつまでも学者でいては作家として落第よ」などとも言う。毎年ベストセラーを出し、所得番付でいつも作家ベストテンに入っていた父と、磨き上げた珠玉の作品を少数だけという慎ましくも奥床しい私を比べる方がおかしいのだ。私にはこれ以上速く書けない理由がある。

日本の諜報《ちょうほう》に関する作品を書いていたことがある。まずは日清と日露の戦役についてである。

幕末の松本藩に生まれ、一万六千キロのシベリア単騎横断という快挙を世界で初めてなしとげ、我が国の諜報の基礎を作った福島安正を調べることになる。来たるべき日露の戦いで露軍の生命線となるであろうシベリア鉄道の進捗《しんちょく》具合、支那《シナ》軍や満州馬賊の動向、などの調査を伏せたシベリア大冒険旅行だった。明治二十五年にベルリンを出発したが、それまでの五年間はベルリンに駐在武官として滞在していた。

その間の福島を知りたくなる。国費留学生の監督もまかされていたことに私のアンテナが反応する。北里柴三郎《しばさぶろう》や森鷗外《おうがい》が当時ドイツに留学していたからだ。謹厳な福島少佐が花柳病（性病）にかかり、軍医でもあった鷗外の世話にこっそりなったようだが。コッホ博士の下で病理学の成果を次々に挙げ世界的となっていた北里に対し、軍の衛生管理という地味な研究を命じられていた鷗外は嫉妬《しっと》しなかったのか。などと興味が湧《わ》いてくる。帰国してからの、脚気《かっけ》の原因として細菌説をとる東大医学部とそれに反対する北里との激しい論争、東大による北里冷遇などで、鷗外が常に東大側についたことを知るだけに尚更《なおさら》だ。

そこで鷗外の『独逸日記』や、『北里柴三郎　雷《ドンネル》と呼ばれた男（上・下）』（山崎光夫著　中公文庫）をひもといたりする。後に陸軍軍医総監になる石黒忠悳《ただのり》がドイツで開かれた赤十字国際会議に出席した際の、石黒への忠勤を励む鷗外に驚いたり、流暢《りゅうちょう》な独語による演説で各国代表達を感銘させる鷗外に舌を巻いたりする。

石黒の長男で戦前に農商大臣を務めた忠篤《ただあつ》氏が、我が家の隣りである穂積家のおじいさん（私の小学生時分の将棋ライバル）を訪れた時の、大きな身体《からだ》と大きな声を思い出し、今度は穂積家を調べてみる。すると、おじいさんが渋沢栄一の孫であり、石黒忠篤の義弟であることを知る。

福島安正から離れ過ぎたことを反省していると、石黒忠悳と福島安正が、明治九年にフィラデルフィア万博の視察のため一緒に渡米して以来の親友であったことが飛び出てくる。しかも、福島安正の上司であり、日露戦争において満州軍の総指揮をとった児玉源太郎大将の娘が、おじいさんの兄で東大法学部教授穂積重遠《しげとお》の妻であることを知る。ロシアとの苦戦の連続で、砲弾購入さえままならなくなり頭を抱えていた児玉に、渋沢栄一がポンと大枚の軍資金を渡した理由が見えてくる。渋沢の孫と児玉の娘が結婚していたのだ。

という具合で、調査をすればするほど興味深いことが発掘され、深入りしてしまう。歴史的事実の裏に潜む人間模様ほど面白いものはないから、愚妻の言うように適当には切り上げられないのだ。

こうして得た多くの事実の中から最も本質的と思われることだけを原稿に書く。十年以上も調べることに夢中だったからまだ本になっていない。

十八世紀の作家サミュエル・ジョンソンは、「人は一冊の本を書くために図書館半分をひっくり返す」と言った。読者はソファに腰かけたままで、それらの中の最も興味深い部分を知ることができる。読書ほど得なことは他にない。

（二〇一七年五月一八日号）

蘇《よみがえ》る昭和

子供の頃からせっかちな私は、トイレも風呂《ふろ》も早かった。トイレは大も小も一分以内、風呂は四分ほどで頭から足先までを全力集中で洗い、熱い湯に一分ほどつかり出てしまうという塩梅《あんばい》だ。母にはよく「カラスの行水」と言われた。六十歳の頃、風呂は四十度くらいのぬるま湯に十分以上ゆっくり入るのが健康によいと耳にした。すでに健康の鬼となっていた私は、四十度十分を実行に移した。この十分間をどう過ごすかが問題だった。ヒマでヒマで死にそうだったからだ。懐《なつ》かしのメロディーを歌うことにしてからは苦痛でなくなった。大声で歌うと健康にもよいらしい。風呂は閉め切っているから、クラシック一辺倒の女房に「ウルサーイ」と怒鳴られもしない。それに加え、湯気が声帯によいのだろう、三曲目くらいから高音と低音が自由自在になる。はっきり言うと世にも美しい歌声になる。

耐水のノートパソコンを買ってきてからは、これを風呂に持ちこみ、ユーチューブで戦前戦後の憧《あこが》れの歌手と一緒に歌うことになった。ある日の風呂で、東京大衆歌謡楽団と名乗る、富山県出身の三十歳前後の兄弟三人グループを知った。長男が歌い、次男がアコーディオン、三男がコントラバスだ。戦前のものから昭和三十年くらいまでの曲、おそらく彼等の祖父母の歌った曲ばかりを歌う。主役である長男はいつもきちんとしたスーツにネクタイ、そして今時見かけない丸メガネだ。往年の大歌手には及ばないとしても、なかなかの歌唱力のうえ、自己流でなく本物に近づこうという意欲が感じられて好ましい。いっぺんにファンになった。今では風呂で彼等と一緒に歌うことも多い。

四月末の晴れた日、ついに浅草神社境内での公演を聴きに行った。開演の十分ほど前に着いたら、すでに桜の大木の下に楽器やマイクが設置されていて、それを取り囲むように三百名ほどが集まっていた。ほとんどが六十代、七十代、八十代だ。感心なことに若者もちらほらいる。三人が登場した。大きい。平均身長は優に百八十センチを超える。昔風の七三に分けた髪をポマードで固めている。藤山一郎の「丘を越えて」から始まった。長男の高音がきれいだ。一気に境内が昭和になった。長男は左足で拍子をとりながら、両手を左腰前に組んだまま直立で歌う。小さな台に黒い帽子が上向きに置かれていて、そこに七十代後半の女性が千円札を入れた。二曲目は華やかな「春の唄《うた》」（ラララ　紅い花束　車に積んで……）だ。左隣りの七十代の女性がリズムに合わせて身体を左右に揺らし始めた。手拍子も湧き上がる。

どの人も若さが蘇ったように笑顔だ。次いで高峰三枝子の「南の花嫁さん」、岡晴夫の「憧れのハワイ航路」と続く。

聴衆にとっても、大半の曲は自分が歌ったというより、ラジオから流れたり親が歌うのを聞いたものだろう。ここで十名ほどの男女が黒い帽子にお札を入れる。長男はそのたびに歌いながら腰を直角に折り深々とお札の挨拶《あいさつ》をする。ストリート公演に熱狂する年寄りが珍しいのか、数名の外国人がカメラを頭上高く構えている。

「二人は若い」「あゝそれなのに」「涙の渡り鳥」「東京ラプソディ」と続く。時々ブラボーの声が上がる。すぐ隣りの浅草寺のお坊さんだろうか、我々と一緒に手拍子をとる。十数名が黒い帽子に向かう。六十歳程の、青ジャンパーにひげもじゃのホームレスもなけなしのお札を入れる。先ほどからしきりに涙をぬぐっていた人だ。

両親との幸せだった日々を思い出したのだろうか。

公演は「青春のパラダイス」で終った。二十数名が黒い帽子に向かう。花束を渡す人、握手やツーショット写真を頼む人までいる。昭和の名曲が集まった人々を五十歳も若返らせた。険しい顔付きをした年輩者達の表情を柔和にし、笑顔を取り戻させた。これら昭和歌謡には疾風怒濤《しっぷうどとう》時代の、エネルギーと涙が溢《あふ》れている。

私は清々《すがすが》しい気持ちで浅草をあとにした。

（二〇一七年五月二五日号）

巨人アマゾンとの戦い

宅配便はほぼ毎日我が家に来る。半数は最大手のヤマトだ。家人の留守に来ると、「何月何日何時何分に何を持参したが不在でした」という通知を残してくれる。一週間も家を空けると同じ荷物につき数枚も通知がたまっている。再配達を頼む時は申し訳ない気分だ。

配達員は繁忙期には一日に三百個も配るという。三分に一つずつ配達したとして十五時間かかる分量だ。荷物を抱えて走っている配達員をよく見かけるがそのせいだ。最近の新聞報道によると、ヤマトが配達員にきちんと残業代を支払っていなかったという。サービス残業をさせていたのだ。過去二年間にさかのぼり支払うと会社は発表した。どう算定するのか不明だが、数百億円に上ると思われる未払い金をなるべく早く払ってほしいものだ。

ヤマトがこれほど忙しくなったのは、ネット販売の巨人アマゾンのためだ。アマゾンの厳しい配達単価引き下げに耐え切れず、二〇一三年に佐川急便などが撤退したため、ヤマトがほぼ一手に引き受けることになった。アマゾンの配達単価は二百円ほどと言われている。

東京に住む私が徳島の友人に本一冊をヤマトで送るだけで千円ほどかかる。この十月からは更に百数十円値上げされる。ヤマトは、アマゾンによる赤字を国民からふんだくることで補塡《ほてん》しているとさえ言えよう。

ヤマトの宅配便取扱量はこの五年間で三割も多くなっているが、アマゾンによる赤字があるから人員増もできない。配達員の時間当たりの給料は全産業平均より二割も低い。残業代の支払いを控え、ヤマトはようやっとアマゾンとの単価引上げ交渉に入った。配達員という弱い者いじめはもはや続けられないと観念したのだろう。遅すぎるが当然だ。戦いになろう。

他の通販と似た単価(三、四百円)への引上げをアマゾンが拒否するなら、佐川のように撤退する覚悟で臨むべきだ。この覚悟がない限り、海千山千のアマゾンには勝てまい。戦いの帰趨《きすう》は、ヤマトだけでなくすべての配達員の過重労働と安月給の是正、そして物言う大口客によって生まれた赤字を、物言わぬ一般国民に穴埋めさせる、といういびつな業界体質の改善につながる。

実は、この戦いは単なる価格交渉ではない。日本の文化防衛に関わる。

日本の書店数はここ十五年で半減している。ケータイやスマホの普及などによる若者の読書離れ、アマゾンなどオンライン店の著しい成長、などで町の本屋の経営が成り立たなくなったのだ。アマゾンなら町の本屋と同じ値段で買え、無料で翌日には家まで届けてくれる。本屋まで行く手間、目指す本（大ていはない）を探す手間、重い本を持ち帰る手間などがない。

このためここ数年間で書店ばかりか、取次店、そして出版社までが次々につぶれている。町の本屋こそは、かつてどんな田舎の駅前商店街にも少なくとも一軒はあって、いつも黒山だった。知識、教養、文化というものの存在を人々に思い起こさせる、町の知の拠点だった。今やその多くが消えてしまった。

大半の書店が消滅したら、アマゾンが書籍市場を掌中に収めることになる。送料無料や学割などの過剰サービスは書店を消滅させるまでで、消滅の途端に一気に本の配送料を上げるだろう。

また、アマゾンに都合の悪い著者や出版社は書籍市場から追放されることになる。アマゾンは出版物の価格や販売の決定権を握り、編集にまで口出しするだろう。こうなると言論の自由さえアマゾンにからめとられてしまう。

私は家族にアマゾンでの書籍購入を認めていない。地元の本屋で買う、本がなければ注文するよう命じている。町の本屋を守るということは、我が国の知的水準を保つために決定的なのだ。

アマゾンを急激に巨大化させた送料無料というあり得ないサービスは、配達員の涙と一般国民の犠牲により成り立っていたのだ。我が国の活字文化と言論の自由を守るため、交渉におけるヤマトの不退転の決意に期待する。

（二〇一七年六月一日号）

忖度《そんたく》官僚の猛反撃

「忖度」とは他人の心をおしはかること、と国語辞典にある。日本ではごく普通になされることだが、海外へ行くと誰もこちらの心をおしはかってくれない。はっきりと言葉で表明しないといけないから、欧米に何年か暮らしていた私にとってさえ面倒だ。他人の気持を忖度し思いやる、というのは日本人の美風である。世界中の人がもっと忖度できるようになれば、世の中の摩擦はかなり和らぐと思うのだが。

安倍《あべ》首相夫人が名誉校長をしている森友学園に、豊中市の時価九億円余りの国有地が一億円余りで払い下げられた。難攻不落の安倍政権を揺るがすスキャンダルと野党は勇み立った。首相や夫人による口利《き》きを証明しようとしたが何も出てこなかった。

国有地を管理している財務省理財局が、学園理事長などの言葉を信じ、「首相が後ろにいるらしい」と忖度した結果、法外な安価で払い下げたのだろう。許されない忖度だ。官僚は「全体の奉仕者であって、一部の奉仕者ではない」と憲法に定められているからだ。

続いて出てきたのが加計《かけ》学園問題だ。森友学園とは違い、岡山理科大学という立派な大学を経営する学園である。ここは愛媛県今治市に獣医学部を新設しようとした。獣医の需要動向を考慮し、文科省は獣医学部新設を五十年余り認可してこなかった。それが今回はすぐに認可された。学園理事長の加計孝太郎氏が首相の親友ということからまたもや野党が色めき立った。森友問題は財務省が巧く逃げ切ったが、加計問題はそうはいかなかった。文科省が内閣府官僚による「官邸の最高レベルの意向」という圧力に負け認可した経緯のメモが、朝日新聞に載り、しかも、認可時の文科省の事務方トップ、前川前事務次官がそれを本物と週刊誌に証言したのだ。菅官房長官は怪文書などと言うが、メモがあったことは間違いなさそうだ。内閣府官僚が関わったのは、今治市が内閣府の指定する国家戦略特区だったからだ。最高レベルとは安倍首相だろうが、首相は戦略特区諮問《しもん》会議の議長だから、首相の意向が入るのは当然のことだ。

文科省官僚の天下り斡旋《あっせん》などで辞めさせられた前川氏の意趣返しだとか、同氏が現役の頃に出会い系バーに通い若い女の子達と遊んでいたなどと、信用度を落とすための報道が盛んになされている。無関係のことだ。私だって辞めさせられたら腹が立つし、出会い系バーにも一度は行ってみたい。ただ前川氏の、「若い女性の貧困を知りたかった」との弁明は笑止千万だ。「助平なので」でよかった。

大事なのは彼が、官邸からの強い圧力に屈し行政を歪《ゆが》めたという自らの恥辱をさらけ出すことで、後輩達が二度と同じ目に遭わぬよう官邸に警告を発したことだ。内閣府の役人が各省庁にやって来て、首相や官房長官の虎《とら》の威を借り、居丈高に要求する現状を苦々しく思う多くの官僚は、よくやったと思っているだろう。

今回の二事件の教訓はまず、二〇一四年に省庁の審議官、局長、事務次官の人事権を内閣が握ったことの弊害だ。政治主導は良いが、官僚が官邸に対し萎縮《いしゅく》してしまった。英国を真似《まね》た制度だが、彼の国では政府の人事介入はほとんどない。政治家は選挙で選ばれた人々だが、官僚だって国家に尽くしたいとの志を持った人々である。バランス感覚が必要だ。第二は国家戦略特区の問題だ。これを決める諮問会議やそのワーキンググループには、小泉政権以来の新自由主義者達がなぜか未《いま》だに参加している。その結果だろう、アメリカの要求をまず特区で実現し、やがて全国に広げるという目的のための機関としか私には思えない。現に米通商代表部がその政策を絶賛している。ここが首相直下を笠に着て各省庁に対し横車を押す。これでは官僚が気の毒だ。二つの事件での野党のはしゃぎぶりは滑稽《こっけい》だったが、前川氏の憤怒の証言が飛び出し、官邸への行き過ぎた権力集中と官邸に対する官僚の卑屈が白日の下に晒《さら》されたのは収穫だった。

（二〇一七年六月八日号）

何用あって碁将棋ソフト

将棋界に、藤井聡太《そうた》君という十四歳の新星が現れ大評判となっている。昨年は将棋ソフト疑惑で暗かった将棋界が一気に明るくなった。メディアも沸き立っている。誰だって若きヒーローが大好きなのだ。夢に溢れていた自らの子供時代とダブらせ胸を躍らせるのだろう。

藤井君は昨年、十四歳二カ月という史上最年少記録でプロ棋士（すなわち四段）となった。これまでに中学生でプロ入りしたのは加藤一二三《ひふみ》、谷川浩司、羽生善治《よしはる》、渡辺明と超一流棋士ばかりである。藤井君はしかも、プロになってから現在まで、何と公式戦二十連勝である。両親は将棋を指さず、祖母に教わったという。すぐに近所の将棋会所へ通うようになったが、負けるたびに大号泣したと母親が言うほど負けず嫌いのうえ、将棋を考えながらの歩行中に何度もドブに落ちるという集中ぶりだった。瞬《また》く間に上達し小学校四年生でプロ棋士を目ざす子供達の組織、奨励会に六級として入会した。

六級と見くびってはいけない。私は将棋好きで大学一年の頃、基本戦法や詰将棋の本を数十冊は読破し将棋会所では初段で指していた。

学内将棋大会で準優勝した私は、勢いで日本将棋連盟の本拠、千駄ヶ谷の将棋会館を訪れた。十歳くらいの奨励会五級の子供と対局させられた。ムッとした私は一気に潰《つぶ》そうと襲いかかった。木っ端微塵にやっつけられた。私は将棋を捨てた。

藤井君がプロになる直前の奨励会三段時は、十三勝五敗だったから極端に強いというほどではない。その頃に将棋ソフトを研究に使い始め大きく成長したという。小学生の頃から詰将棋の天才として通っていて終盤は元々強かった。将棋における序盤の陣形は大体決まっているため、恐らく序盤の終りから中盤に入る辺りを重点的にソフトで研究したのだろう。どの棋士もソフトを使い研究しているから彼は利用の仕方が格別に上手《うま》いのではないか。受験勉強でも偏差値の高い者は、頭がよいというより勉強法が上手い。そういう者は誰に言われなくても、最も効果的な勉強法をとっている。逆に偏差値の低い者はよりによってもっとも非効率な勉強法にしがみつく。

汗と涙と天分とソフト研究で強くなった藤井君だが、これを知った各棋士は今まで以上にソフトを用い、牙《きば》をむいてくる。新手も次々に発見されるだろう。ファンとして楽しみである反面、味気なさも禁じ得ない。天才棋士がウンウン唸《うな》った挙句の、インスピレーションの一撃による新手なら美しいが、コンピュータの膨大な試行錯誤で見出された新手では、美しくも何ともない。

すべての頭脳ゲームは、しょせん有限の世界だから、究極的にはコンピュータにより必勝手順が見出される運命にある。しかしいったい何用あって碁将棋ソフト開発者は、我々の楽園に土足で足を踏み入れるのか。いい加減にして欲しいものだ。

画期的な囲碁ソフト、グーグルのアルファ碁を作ったデミス・ハサビスは、まだケンブリッジ大学の学生だった頃、お茶大の私の研究室を訪れ「僕の夢はプロより強い囲碁ソフトを作ることです」と言った。先月、アルファ碁はついに世界最強の柯潔《かけつ》九段を破った。ハサビスはアルファ碁の引退を発表した。さすがだ。他の開発者もならってほしい。藤井君の快進撃がすさまじいので、今や彼が対局中によく食べる昼食の味噌《みそ》煮込みうどんやお菓子までが人気となり、幼少期に遊んだキュボロという立体パズルおもちゃが売り切れて六カ月待ちとなったという。彼は「望外の喜び」とか「僥倖《ぎょうこう》」など、普通の中学生の知らない言葉をよく口にする。読書好きなのだ。将棋ばかりか受け答えにも見られる見事なバランス感覚は、そこからくるのだろう。司馬遼太郎《りょうたろう》、新田次郎、沢木耕太郎が好きという。新田次郎とは特に極めて格別によい趣味だ。いつか名人になるだろう。親達が子に与えるべきは味噌煮込みうどんやキュボロより本だろう。（二〇一七年六月一五日号）

寛容のもたらした悲惨

ほぼ毎年ヨーロッパに行くが、治安が年々悪化している。フランスやイタリアの主要都市では自動小銃を持った警官がやたらに目につく。ローマの広場で自動小銃を抱え警戒中の若い警官に、アイスクリームを食べながら「イタリアのアイスクリームは抜群だね」と言ったら、嬉《うれ》しそうだったから多少は退屈もしているのだろう。仏伊に比べイギリスでは武装警官をめったに目にしない。治安がよいのだ。二〇〇五年にロンドン同時爆破テロが起き五十六名が死亡して以来、MI5など強力な情報機関を中心に、通信傍受やインターネット監視を強めている。それにロンドンでは人々が、「市民が一日平均三百回は映る」と言われるほど多数の監視カメラで見られている。

それが今年三月にはロンドンのウェストミンスター橋付近で歩行者や警官が車や

刃物で襲われ五人が死亡した。五月にはマンチェスターのコンサート会場で自爆テロにより二十二名が死亡し、六月にはロンドン橋付近で人々が男達に襲われ八人の死者が出た。これら三事件の容疑者計六名は全員イスラム過激派で、外国人か移民か移民の子らしい。

「テロには屈しない」という陳腐な声明しか出してこなかったメイ首相が、先週は「過激主義に対する英国社会の過度な寛容姿勢」に言及した。テロに対し仏伊のような緊張感のない大多数の国民を批判したのである。

イギリス人は、他人のなすことに世界一寛容かも知れない。どんな思想や習慣の持ち主であろうと、「本人がハッピーならそのままにしておく」というのが基本なのだ。学校でも生徒に協調性を求めないし、型にはめこむこともしない。だから変人が多い。

私の友人にも、五歩歩く度に一つスキップする数学者や、「気」の研究に凝る有名物理学者、菜食主義を通り越しフルーツ主義の人がいた。

ケンブリッジで息子達の通った小学校のクラスでは、算数の時間に絵を描いている者、国語の時間に鼻クソをほじっては食べている者（愚息）もいたが何の注意もされなかった。

変わり者を許容するという伝統が英国での独創的科学者輩出につながっているのだが、メイ首相も今年になってからのテロ三連発にはたまりかねたのだろう。過激思想拡散の温床となっているネットを規制する意向を表明した。監視社会がさらに強化されるはずだ。ケータイやパソコンの覗《のぞ》き見もされるのではないか。

仏伊は人権や自由を尊重するがその代りにものものしい自動小銃で抑えこむ、英は武力を用いないがその代りに人権や自由に規制を加える。どちらが効果的かは見物だ。日本のテロ等準備罪（共謀罪）は英国型を目指しているように見える。

英国人は監視強化を仕方ないと諦《あきら》めている。不偏不党の健全なジャーナリズムの存在が、権力の暴走を許すまい、と考えさほど深刻にならないのだ。この点で我が国のジャーナリズムは、消費税増税やTPPなど、国論が二分してよい大問題を、五大新聞が何の躊躇《ちゅうちょ》もなく一斉に支持したことからも分るよう、信頼できないから心配だ。

人手不足を理由に、我が政財界は今、移民の大幅受入れを企図している。実際二〇一四年は三十四万人の外国人が流入している。十年ほど前に一緒に食事をした英国の大臣経験者の言葉を思い出す。「仏伊は合法非合法を含め五百万を超える移民がいて、治安回復はもう不可能だ。我が国はまだ百数十万だからましだが、ロンドンのモスクなどでどんな謀議がなされていても手を出せない状態だ。日本には移民一千万人計画があると聞く。よくよく、よくよく、考えた方がよい」。この席には首相になる前の安倍氏もいたのだが、もうすっかりこの言葉を忘れたのだろう。

英国の移民は今や五百万を超えた。ロンドンでは英国生まれの白人が四割を切り市長さえEU初のイスラム教徒である。治安ばかりか、いずれ文化や伝統など国柄さえ失われていくだろう。

武装警官が至る所に立ったり、国民の行動や言論が監視されるという社会は、悪夢であり唾棄《だき》すべきものである。そうなってはオシマイなのだ。我が国にとっての最善のテロ対策は、寛容な移民政策のもたらした欧米の悲惨を正視し、その愚劣で致命的な失敗を繰り返さないことなのだ。　（二〇一七年六月二二日号）

優れているように見せたい人

カタカナ英語が氾濫《はんらん》している。長嶋《ながしま》監督は「失敗は成功のマザー」とか鯖《さば》のことを「さかなへんにブルー」などと言った。大学での英語の時間に「I live in Tokyo の過去形は」と問われ、「I live in Edo」と大真面目《おおまじめ》に答えたという豪快な人柄だから、私をはじめ皆が楽しんだ。お笑いのルー大柴《おおしば》が言う「頭ハイドしてヒップ隠さず」とか「人生はマウンテンありバレーあり」なども好感がもてる。一方でカタカナ英語にイライラすることも多い。パソコン用語だ。アイコン、カーソル、タブ、デバイス、スクロール、アップデートと片端からカタカナだ。とんと分からない。

幕末から明治の日本人は西欧の概念を一つ一つ漢字に直した。文化、文明、民族、哲学、物理、化学、進化、民主主義と見事な日本語にした。これらは中国人留学生により中国に輸出された。共産主義、人民、共和国だって日本製なのだ。どうだ参ったか。

現代日本人は漢語の素養に欠けていて造語できないから、カタカナ語がはびこることになる。困ったことはカタカナ語を格好いいと考える人々の多いことだ。だから最近では、コミットメント（約束、関与）、アジェンダ（議題）、エビデンス（証拠）、アサイン（割り当てる）、キャパ（収容能力）、ペンディング（保留）などがしばしば耳に入ってくる。これらを初めて聞いて分かる日本人は多くないだろう。

気になるのは小池都知事のカタカナ語だ。都民ファーストからしてそうだが、所信表明もこうだった。「目標はサステイナブルな首都東京を創り上げること……セーフシティ、ダイバーシティ、スマートシティの三つのシティの実現に取り組みます」「ハード面のレガシーだけでなくソフト面のレガシーを構築……コンプライアンス……ガバナンス……」。ウーッ、私にも分からない。

大学を出て二年目の女性編集者にこの印象を尋ねると、「難しい英語を会話の中で普通に使うのを見ると、すごいなあ、教養や国際性が豊かなんだなあ、と思ってしまう」と言った。恐らくこれが大方の受け取り方であろう。だからカタカナ英語を頻用する人は「優れているように見せたい人」、すなわち「確固たる自信のない人」と思ってよい。小池都知事も英語の達人ということになっているが、外国人記者による彼女のインタビューを聞いた限りでは、発音はそこそこにいいものの、単語の選択や構文の拙《つたな》さなどから達人とはほど遠いものだった。

文明開化以来、日本人には欧米崇拝がある。文明開化の終った今も、子供の頃から英語を学ぶということが、そのような劣等感を助長している。我々がどんなに頑張っても敵わない発音で流暢に英語を話す英米人などを、崇拝するようになってしまうのだ。流暢な英語と国際性が無関係なのは言うまでもない。私の教えた米大学生はみな私より英語が上手かったが、世界に出て信頼されるだけの見識、あるいは人間的魅力を有する者はせいぜい十人に一人だった。流暢な英語と教養も無関係だ。

はっきり言うと、九十九・九%の日本人にとって「流暢な英語と豊かな教養は両立しない」のである。両立している人は稀有《けう》なのだ。日本人にとって英語の修得は留学でもしない限り余りに難しい。ものにするには若い頃の読書をかなり犠牲にしなければならないから、教養に欠けることとなるのだ。

小池都知事が所信表明の乏しい内容を糊塗《こと》するため、目《め》眩《くら》ましとして英語を入れたのならいじましい。人々の英語に関する無知や欧米崇拝につけこんで自分の印象を高めようと画策したのなら、いやらしい。長嶋監督やルー大柴で笑う私が小池都知事に厳しいのは、都知事とか首相は国の顔だからである。一国の文化とか伝統を背負って立つ人々だ。そして文化や伝統の中心は何と言っても国語だ。だからこそトランプ、プーチン、習近平、メルケルなど、どれも大した見識のある指導者ではないが、演説に外国語を交えるなどという国辱的なことは決してしない。

（二〇一七年六月二九日号）

不老不死の四股《しこ》踏み

毎日六キロの速歩に加え、週に二度はジムで身体を鍛えている。海外旅行中でもジムへ行くほどだから、筋骨隆々意気軒昂《いきけんこう》である。「若鷲《わかわし》の歌」の二番にあるよう、腕はくろがね心は火玉、なのだ。かかりつけの女性鍼灸師《しんきゅうし》は私の身体を揉《も》むたびに「すごい筋肉ですねえ」と感嘆する。女房だけが「なんかみにくく弛《たる》んできたわねえ」と憐《あわ》れむように言ったり、「これ加齢臭かしら」などと私のシャツに鼻を近づけたりする。国内外の女性にバカモテの私から自信を奪い、暴走をさせまいとの涙ぐましい努力なのだろう。見え見えだから私は無視して身体作りに励む。

一昨日の山歩きの筋肉痛とだるさを迎え討とうと、今朝もジムへ行った。

ジムでは有酸素運動として坂道を上り続けるような運動を主にする。その間他の人々を観察する。床にマットを敷き、はしたなくもなまめかしい体位ばかりをえんえんととり続ける老女、自転車こぎと懸垂しかしない中年のランニングシャツ男、運動は何もしないで人々に話しかけるだけという中年巨乳女性、など変った人が多い。

最も興味を持って眺めるのが、いつも黒い短パンに黒いランニングで、身体中が漁師のように日焼けした七十代の小柄な男性だ。この人は一日おきくらいに来るが、他の人々と違い、運動器械を一切用いない。大きな鏡の前で、立ったり横たわったり、腕や脚を上げ下げしている。体幹運動だけなのだ。体幹とは胴体部分と言ってよい。彼は誰とも話さないから、素性を知る者はいない。彼の体幹運動の中心は四股《し こ》踏みである。左脚を上げ、下げ、腰を三回ほど膝《ひざ》の高さまでゆっくり沈め、今度は右脚を上げ、下げ、再び腰を三回沈める。これを黙々と続ける。求道者のようだ。片脚を上げた時に二秒ほど静止させるから、よほど体幹が鍛えられているのだろう。

求道者の専心する四股踏みとは、体幹運動とストレッチを兼ねていて、お腹《なか》をひっこませ、便秘を改善し、姿勢をよくし、持久力も上げるものらしい。それどころか血圧を下げ、基礎代謝を上げ、リンパの流れをよくするという。死ななくなりそうだ。イチローや黒柳徹子もしているらしい。腰痛予防になり生理不順にも効くというから、健康になるために生きている私が四股踏みをしないわけがない。半年前から、左右五回ずつを一日に三、四回するようになった。

起床時と就寝前の他、機会を捉《とら》えどこででもする。女房は慣れたが、家族で訪れた沖縄では、ホテルのロビーや空港でこれを始めるや否《いな》や、四股踏みの伝統美を理解できない愚息どもが「そばにいると親子と思われる」と逃げ出した。努力のかいあって、体調もよく、血圧や体重も標準を保っている。

それが先日、腰痛に襲われた。腰が痛いと、自然に他部位に力が加わるのか、脚、尻《しり》、背中、そして首までが痛くなる。夜は寝返りをするたびに激痛で目がさめ睡眠不足にもなる。靴下さえ女房にはかせてもらう始末だ。仕方なくタクシーで鍼灸院に通い、腰から背中にかけて塗り薬を塗りまくり、貼《は》り薬を貼りまくる。治るまでに三、四週間はかかる。鍼灸師は、四股踏みもストレッチも無理をすると逆効果という。しかし私にとって無理をしないのは不可能だ。中学高校でサッカー部にいたが、サッカーの練習とは苦しくなってからどれくらい頑張れるかだから、当然限界を超える。今もその癖が残っていて、股裂《またさ》きの激痛を耐えて開脚し、腹筋や背筋を貧血になりながら連続五十回し、週刊新潮の連載を四百回以上続け、苦渋に満ちた結婚生活を三十数年間も続けている。

女房は必死の形相で四股踏みを頑張る私に、「いくら栄養に気をつけ運動に精を出したって、人間いずれ死ぬんだから」と冷や水を浴びせる。「バカモン、人間は健康管理上の過ちにより死ぬのだ」と言い返したら、首をふりふり「あなた、倒れたら下手に頑張らないでね。私、再婚のチャンス失っちゃうから。なんか、あなた頑張りそう」と恨めしそうに私を見た。

（二〇一七年七月六日号）

父と妻と私の上高地

梅雨の合間をぬって上高地を訪れた。一泊した朝、八時過ぎに宿を出て徳澤園《とくさわえん》に向かった。宿から梓川《あずさがわ》の上流八キロの所にある。ほぼ毎月山に登る女房は、これでは物足りないらしく、いっそ二千五百メートルの焼岳《やけだけ》に登ろうなどと言ったが、拒否した。山に入るやぐいぐいと休まずに登り、私がバテて呼吸が荒くなるのを待って、「この辺で休まなくていい？」と半ば憐れむように言うからだ。

上高地は、地元の人が今季最高と言うほどの快晴だった。群青色《ぐんじょういろ》の空にそそり立つ穂高連峰は、やさしく女性的な日本の多くの山々と異なり、どこまでも荒々しく厳しく、ヨーロッパアルプスのようだ。木立を出たり入ったりの山道は爽快《そうかい》だった。海抜千五百メートルだから汗をほとんどかかない。

徳澤園に着くとさすがに足が重かった。玄関に「氷壁の宿　徳澤園」と出ていた。

井上靖さんがここにこもって『氷壁』を書いたという。宿の奥さんが広い前庭のベンチを指さし、「井上先生はそこで一日中飽かずに山を眺めていました」と言った。「父は？」「新田次郎先生はここには寝るだけで、寸暇を惜しんで辺りの山を登っていました。いつもここに手拭《てぬぐ》いを」と言って右腰を叩いた。

見上げる者を圧するように屹立《きつりつ》するこれら山塊は、単独行の加藤文太郎を描いた『孤高の人』や播隆《ばんりゅう》上人を描《か》いた『槍ヶ岳開山』など、父の代表作の舞台なのだ。こう思うと、父が作家人生を賭けた地でもあるような気がして、姿勢を正さずにはいられなかった。徳澤園の北を流れる、竜泉と父が名付けた澄明《ちょうめい》な小川を見てから下った。

上高地からの帰り、白骨温泉が近いので立寄った。大正六年頃に、リューマチを患《わずら》っていた五歳の父が治療を兼ねて父の祖父母と来た所である。猿が宿のそばまで来たと父から聞いたことがあった。実は大学四年の時、それを思い出して、やはり上高地一人旅の帰りに白骨を訪れた。宿に着くや一人で大きな浴槽につかっていた。五分程経《た》った時、何と、老人クラブのお婆《ばあ》さん達がどやどやと十人ほど入ってきた。混浴風呂《ぶろ》だったのだ。

男は私だけで皆が私をジロジロ見る。「若い肌っちゅうは、ホレ、ピンクできれいなもんだなえ」などと言っている。風呂から上がれなくなった純情白皙《はくせき》の美青年だった私は、我慢してつかっていた。とうとう貧血を起こしかけ、慌《あわ》てて飛び出した。男性用脱衣場に飛びこむや、よしず張りの床にしばらく裸のまま青くなって転がっていた。

次に白骨に来たのは新婚四カ月の頃だ。五歳の父が来て、大学四年生の私が来た山の名湯に、大学を出たばかりで何も知らない女房を連れて来たかった。折からの雨で時間を持て余していたところ、宿に碁将棋とならんでオセロがあるのを見つけた。経験者の女房がルールを教えてくれたのだが、初戦以外、何度やってもこちらが勝ってしまう。

ところが、深窓の令嬢であったはずの女房が、余程の負けず嫌いなのか、負ける度に子供のように派手に悔しがる。それがおかしくて笑ったのが失敗だった。「何がおかしいのよ」「バカにしてる」「くやしーいっ」を交互に叫びながら私に襲いかかってくる。ますますおかしくなって噴き出しつつ、「ごめんごめん、愛してるよ」と喘《あえ》ぎながら言うと、「バカにするな」と背中に馬乗りになって耳を後ろから引張る。確か七連勝だから七回はこれが繰り返されたことになる。

実はこのことを詳しく書いたことがある（『数学者の言葉では』新潮文庫）。その原稿を読んだ父は私に言った。「美子《よしこ》さんはこれでいいと言っているのか」「はい、僕に惚《ほ》れているので」「美子さんはよくとも親戚《しんせき》が許すまい。やっと結婚してもらったのに出て行かれたらどうするのだ」。父はその半年後に急逝した。

今回も上高地の帰りにこの宿に立寄った。事情を話すと歓迎してくれ風呂にまで入れてくれた。往復十六キロの山歩きで疲労した足腰に硫黄泉がよく効いて心地よかった。無論オセロはせず帰途についた。


（二〇一七年七月一三日号）

打落水狗《だらくすいく》

中国の故事に「不打落水狗」（水に落ちた犬を打つな）とある。ところが魯迅《ろじん》は逆に「打落水狗」（水に落ちた犬を打て）と言った。フェアプレーなき中国では、しくじった者に情をかけ徹底的に叩かないでいると、必ず後で刃向かってくるということだ。

魯迅が言うまでもなく、中国の易姓《えきせい》革命（王朝交替）では、前王朝の王族など主要関係者を数万、数十万の単位で虐殺《ぎゃくさつ》することが珍しくなかった。韓国も歴代の大統領は、亡命、暗殺、逮捕、自殺などの悲惨な末路をたどっている。朴前大統領罷《ひ》免《めん》に国民が歓喜の涙を流すのをニュースで見たばかりだ。

我が国は世界に稀《まれ》な惻隠《そくいん》の国だから、無論「打つな」である。ところが近頃は、生き馬の眼を抜くようなグローバリズム（新自由主義）の影響で、世界が、そして日本までが「打て」になってしまった。

会社を停年退職した私の友人までが「つぶれそうな会社はしっかりつぶしておかないと後でライバルになりかねない」などと言う。激しい競争社会の中で人々は大らかさを失い、騎士道精神や武士道精神、その派生物であるフェアプレー精神を失ってしまった。

我が国では今年二月、テレビ、新聞、週刊誌が森友学園問題で、国有地不当払い下げがあった、首相夫人がそこの幼稚園で講演した、園児に教育勅語を唱和させている、稲田防衛大臣がかつて弁護士として関わった、などと次々に騒いだ。どれも大したことではなさそう、となったら五月には加計学園だ。前文科事務次官の前川氏による証言までが飛び出し、またも大騒ぎだ。これとて、国家戦略特区の話であり、その内容を決める諮問会議の議長は首相なのだから、首相の意向はあったに決まっている。

国の方針は外交、経済、教育をはじめ、すべてに首相の意向が働いていて何ら不思議でない。加計氏が首相の親友というのは不愉快な事実であり首相の脇《わき》の甘さだが、収賄《しゅうわい》でもない限りこれらの問題は間もなく消えて行くはずだ。

ただ、メディアが首相のつまらないしくじりを叩《たた》くことに興じ、国家戦略特区は必要なのか、という本質論に届かないのは残念だ。国家戦略特区とは、岩盤規制の緩和という名目で、食物、農業、医療、教育など市民生活を守るために時間をかけて作り上げた社会のルールを、まずここで外し、ついで全国に広げて行こうというものである。

発展途上国では外資を呼び込むためによく見られるが、先進国ではめったに見られないものだ。万民に公平という法治国家の考えに矛盾するもので、一部の事業者が得をする不公平はこれからも必然的に出てくる。

しかも国家戦略特区で行なわれる施策の多くは、国民や地方の要望に基づくというより、これまでアメリカが要求してきたものを、首相や取り巻きの主導で決定したものだから、米通商代表部のカトラーに絶賛されたほどだ。

ストレスのはけ口として首相叩きに興じている間に、北朝鮮は次々に中長距離ミサイルを日本海へ発射し、米軍が手を出せば日本にも核ミサイルをぶちこむと脅している。オバマ前大統領が放置したため、もはや手遅れとなった北朝鮮問題を、トランプ大統領は、どうにかしてくれと中国にすがりついている。

中国にとって、アメリカをコケにする世界唯一《ゆいいつ》の国北朝鮮は、好ましい狂犬のような存在だから、強力な経済制裁を要求するアメリカに恩を売りつつ面従腹背、すなわち裏から北朝鮮を支え続けるだろう。リーマンショック後の世界経済を引っ張る中国に、EUは背に腹は代えられず跪《ひざまず》くようになったし、理念など寸分もなく実利だけのトランプ大統領は、明日はどう変わってしまうか分らない。

結局は北朝鮮を核保有国として認め、国際社会に入れることになるだろう。中国が南シナ海と東シナ海で狼藉《ろうぜき》を働き、北朝鮮核ミサイルが我が国に照準を合わせているという緊急事態に加え、日本が世界の孤児になりかねない大変動の津波が押し寄せている。何が森友、加計、豊洲だ、と言いたくなる。

（二〇一七年七月二〇日号）

第五章　祖国のためにありがとう

頑張って下さい、ありがとう

新党大地代表の鈴木宗男《むねお》氏の長女で、衆議院議員無所属の貴子《たかこ》さんがつい先日、第一子を九月中旬に出産予定とブログで報告した。その中で、「実は今月に入ってすぐの検診で、切迫早産との診断を受け安静生活を続けております」と述べ、現在療養中であることを明らかにした。

産婦人科になぜか詳しい私が解説すると、妊娠三十七週から四十一週までに生まれるのが正期産で、それより早いと早産と呼ばれる。切迫早産とは早産一歩手前ということで、早産でも育つことは育つが未熟なので、薬を飲んだり安静にして早産を防ぐことが大切となる。

この貴子さんのもとに祝福の声が多く寄せられたが、中に「国会議員の任期中に妊娠とはいかがなものか」「公人としての自覚が足りない」などというのがあったらしい。

こんな暴言を吐く人間がまだいるのかと驚いた。大手出版社の編集者で私の信頼していたKさんは、第一子を産み、十カ月ほどの産休をとり、職場に復帰して一年ほどたった先日、唐突に辞職した。Kさんは多くを語らないが、「働きながら充分な子育てをするのがこの国では難しい」と淋《さび》しそうに言った。

あれほど優秀で健康でやる気満々だった彼女がそう感じたのなら、子育てをしながら働く女性の大半はそう感じているのではないか。貴子さんが受けたような心ない言葉を、毎日午後四時に退社して保育園に向かっていたKさんも受けたのかも知れない。

安倍政権の謳う「女性が輝く社会」では、女性の社会進出や雇用促進を目指し男性優位の雇用環境を改善する、と言っているが、実態はまだこんなものである。

そもそも「女性が輝く社会」は女性に評判が悪い。私と付き合う幾多の女性達に聞くと、「どうせ少子化に伴う人手不足対策でしょ」とか、「女性を安価な労働力としか見ていないのに女性尊重のフリをしている」などと言う。財界の要望を受けた政府がひねり出した巧言に過ぎないのだろう。

「一億総活躍社会」だって同類だ。小泉竹中政権は「官から民へ」「小さな政府」「聖域なき構造改革」「自民党をぶっこわす」などと、空虚なしかも間違ったスローガンを掲げ国民を煽《あお》った。

政治家の常套《じょうとう》手段である美辞麗句の裏側にあるものを国民は読み取らねばならない。私が強く支持する「戦後レジームからの脱却」の方は、安倍首相にしかできないのに一向に進展しない。

女性は出産、育児、介護という、人間の生死の場において中心的役割を担《にな》っている人々なのに相当する敬意を受けていない。私の学生の中には就職試験で「産休、育休のリスクがあるあなたは採用しません」と言われた者もいた。

出産と育児は自己犠牲や献身とも言える膨大なエネルギーを要する。子供は日本の未来そのものだ。子育てが「国家への最大の貢献」という意識が国民に共有されない限り、「女性が輝く社会」はない。少子化対策として、移民導入などが考えられているが、その場しのぎの対症療法に過ぎず将来に禍根《かこん》を残す結果となるのは、混沌《こんとん》のるつぼとなった欧州を見れば明らかだ。

本質的な対策とは第一に、若者が結婚できるように正社員を増やすことである。

第二は、苦労して産み育てた我が子が将来幸せになれると確信できる社会にすることである。現在の競争、評価、傍若無人とも言える残業、という窒息しそうな労働環境を変えることだ。毎日の勤務後に家族団欒《だんらん》を持てるようにすることと言い換えてもよい。

第三は出産育児に携わるすべての女性に対し、子育て手当の付与とか勤務時間の短縮などで敬意を示すことである。

最近街を歩いていて、大きなお腹《なか》の女性を見るたびに「頑張って下さい、ありがとう」と心の中で叫ぶ。ベビーカーを押すお母さんを見ると、母子に微笑《ほほえ》みかける。幼児を後ろの席に乗せ、赤ん坊をおんぶして全力で自転車をこぐお母さんなどを見ると、「祖国のためにありがとう」と感涙に咽《むせ》びそうになる。

（二〇一七年七月二七日号）

巨人の国

オランダへ外国航空会社の便で行った。きめ細かなサービスは初めから期待していなかったが、やはり乗るとがっかりする。おもてなしは日本人だけの特性なのだろう。

日本を午前中に出てヨーロッパへ行く時は、時差ボケ対策として四時間ほどの睡眠が最適と経験上思っているので、大方の乗客はまだ眠っていたが私は適当に切り上げ、手洗い横の小さなスペースで四股を踏んでいた。百九十センチほどの男性乗務員が不思議そうに見ていた。

日本人の客室乗務員が来たので話しかけた。

「それにしてもオランダ人は大きいですね」「平均身長は男性が百八十四センチ、女性が百七十一センチでともに世界一です」「どうしてそんなに」「今は禁止されていますが、牛の餌《えさ》に成長ホルモンが入っていて、その肉や牛乳を大量に口にしていたから、とよく言われます」「成長ホルモンはタンパク質だから、食べても胃液で消化されアミノ酸になるだけですが。高身長とは無関係では」。

中学生の頃に習ったことを覚えていただけだが、彼女は私を尊敬の眼差《まなざ》しで見た。

「もともと大きかったのですか」「いえ、百五十年前の平均身長は百六十五センチで、ヨーロッパでも低い方だったそうです」「栄養改善なら各国とも同じはずだが」「そう言えば、国策で給食にカルシウムを入れているという噂《うわさ》も耳にしました」。

カルシウムなら効くかも、などと思っていたら機長が出て来て手洗いに入った。百九十五ャンチはある。「でかい！」と小声で言うと、「機長には身長の上限があって二百五センチだそうです」。笑うしかなかった。「客室乗務員の体重には上限はないですね」。百キロほどの金髪客室乗務員が飲みものを持ってきてくれたからだ。

「はい、ございません」、彼女はごく真面目《まじめ》に答えた。

一般に同じ種では、寒冷地に生息するものほど大きい（ベルクマンの法則）。

例えば熱帯のマレーグマは体重がせいぜい六十キロほど、暖温帯のツキノワグマは百二十キロになるし、冷温帯のヒグマは五百キロ、ホッキョクグマは六百キロにもなる。身体《からだ》が同じ形のままサイズが二倍になると、数学的に体表面積は四倍、体重は八倍になる。身体の発熱量は細胞数にほぼ比例し、それはほぼ体重に比例するから、身体のサイズが二倍になると発熱量は八倍になる。一方、身体からの放熱は体表面からの発汗によるから、身体が二倍になっても四倍にしかならない。すなわち身体の大きさが二倍になると、発熱量が放熱量に比べ大きくなり方が著しいのだから、相撲取りはいつも汗をかいているし、寒冷地では大きい方が有利なのだ。確かに人間の平均身長を比べると、北欧は南欧より五センチほど高いし、国内でも、北海道や東北のほとんどの県は平均以上なのに、九州や沖縄では全県とも平均以下なのだ。とは言え寒暖だけではすべてを説明できない。栄養に富んだチーズを多食するからという説もあるが、一人当りのチーズ消費量はフランスが世界一で、平均身長は百七十六センチと大きくない。オランダ人は塩漬けニシンを塩抜きして丸ごと食べるのが大好きだ。私もスケベニンゲンという名の、私にふさわしい海辺の町の屋台で食べてみた。タマネギをのせたニシンの尻尾《しっぽ》を手でつまみ、上を向いて開けた口に丸ごと入れるのだ。いささか品は悪いが割合と美味《おい》しい。このニシンの良質なタンパク質やカルシウムが高身長を作るという説もあるが、ニシンをオランダよりよく食べるチリの身長は日本ほどだ。

オランダ人は本当に大きい。街を歩くと、百九十五センチの男と百八十五センチの女がデートしていたり、ホテルのレストランの給仕がみな百九十センチだったりする。英仏伊などとは比較にならない。なのに確固たる理由がはっきりしないのは不思議だ。

オランダ国土の四分の一は平均三メートル半の海面下にある。オランダ人とは世界で最も低い国の、世界で最も高い人々なのだ。まさかの時に海面から顔が出るように、との神の思《おぼ》し召しかも知れない。

（二〇一七年八月三日号）

フランダースの唄《うた》

女房が、イギリスで次男の学位授与式に出席し、そのついでに初夏のベルギーとオランダを旅しよう、と私に提案した。三人息子の幼小中高大院を通して、私は授業参観、入学式、卒業式に参加したことがない。幼稚園の頃から息子たちに、「友達にお父さんと知られたら恥」と言われていたからだ。ただ今回は、長男と三男が社会人となった今、父親として参加する最初で最後のチャンスだ。オランダならアムステルダムにかの有名な飾り窓もあるし、と私は了承した。

いつも通り女房が旅の計画を練り始めた。私は女房の指示通りにレンタカーを運転する役だ。本や地図を調べている女房を見ながら、いやな予感がした。ベルギーからオランダにかけて（フランドル地方）は画家量産地帯なのだ。ファン・エイク兄弟、ヴァン・ダイク、ボス、ブリューゲルなどの他にも、ルーベンス、レンブラント、ゴッホ、フェルメールなど巨匠が揃《そろ》っている。この地方は、目ぼしい数学者、文学者、作曲家が思い当たらないのに、なぜか画家ばかり輩出する不思議な所なのだ。女房の好きな美術館と教会めぐりの旅となったら当方はたまらない。私は街の道端のカフェで、コーヒーとアップルケーキを前にして行き交う風変りな人々を日がな眺めていたいのだ。

一カ月もしてから、「ようやく決まったわ」と言った。「去年のイタリア・トスカーナ地方の旅みたいにはならないだろうね」。毎日いくつもの、丘の上の中世都市に登っては、そこの教会を訪れ、藤原家尊崇の法然上人ではなくマリア様ばかりを見せられたのだ。

ベルギーを目指しイギリスを出る際、空港係官が「何かシャープなものを持っていますか」と聞いた。「はい」。係官が一瞬緊張した。続けて「私の頭脳です」と頭を指さしながら言ったら係官は噴き出し、隣の係官までが噴き出した。そのまま通してくれた。第一日目、ブルージュでの朝食が終るや「聖母教会へ行きましょう。ミケランジェロの聖母子像があるの」と女房が言った。「始まった」と思った。見物して外に出ると、高さ八十三メートルの鐘楼が見える。マンションなら三十階近い高さだ。鐘楼があるということは女房にとって登るということだ。狭いらせん階段をほとんど休まずぐるぐると登り続けると汗が噴き出た。「ちょっと休もう」と言うと従ってくれるが、なぜかニヤッとするから言えないのだ。その日だけで教会二つ、修道院一つ、美術館二つを見た。初日から「やれやれ」だった。

結局、一週間の旅で十ほどの美術館、二十ほどの教会、ルーベンスの家、レンブラントの家などを訪れた。デルフトでは夕方になって、フェルメールが「デルフトの眺望」を描いた地点に行く、と言い張り往復四キロも歩かされた。その上、翌朝、「よく考えたらあの絵は朝の光に違いないわ」とかでもう一度行かされた。教会にはうんざりしたが、アントワープの大聖堂だけは特別だった。「フランダースの犬」の最終場面はここだからである。二歳で母親を亡くしたネロ少年は画家を夢見つつ貧しい祖父と暮らしていたが、祖父は「よい絵を描くんだぞ」の言葉を残して死んでしまう。初恋にも破れたネロは、すべてを託《たく》した絵画コンクールにも落選する。追い出されるように小屋を出たネロが、吹雪の中をよろよろと向かったのはこの大聖堂だった。月光に照らされたルーベンスの「キリスト降架」の前でネロ少年は、追って来た老犬パトラッシュと凍える身を寄せ合いながら絵を見上げる。そして言う。「パトラッシュ、疲れただろう、僕も疲れたんだ……なんだか眠くなってきた……パトラッシュ」。翌朝ネロと老犬は冷たくなって発見された。余りに悲しい話ということで日本以外では余り知られていないらしい。この絵の前ではさすがに感無量となり、ベンチに腰を下ろしていると、女房が「天使が舞い降りて来てネロ少年とパトラッシュを天国へ連れて行ったのよ」と言った。

それにしても悲しい話だ。すっかり沈んでしまった私は、気を取り直そうと持前の美声で昭和十二年の国民歌謡「春の唄」を歌った。これを歌うといつでもどこでも元気になれるのだ。「ラララ　紅い花束　車に積んで　春が来た来た　丘から町へ　すみれ買いましょ　あの花売りの　可愛《かわ》い瞳《ひとみ》に　春のゆめ」。余りの場違いに、女房はひと笑いし、慌《あわ》てて「シーッ」と言った。

（二〇一七年八月一〇日号）

狂乱の探偵ごっこ

七月初め、アムステルダムのホテルで朝のＢＢＣニュースを聞いていた。北朝鮮のＩＣＢＭが日本の排他的経済水域に打ちこまれたことを詳しく伝えていた。普段は極東に関心を示さない欧州も、このＩＣＢＭの射程一万キロに全欧州が入るとあって、やっと目を見開いたのだ。司会の女性が東京特派員に深刻な表情で尋ねた。「東京の人々はどんな様子ですか」「表情はいつもと同じです。核弾頭ミサイルの影はどこにもありません」。

数日後に帰国して訳が分かった。新聞、テレビ、週刊誌は連日、加計学園だったのだ。昼のワイドショーなどはどこも加計特集で、渡航前よりさらに過熱していた。首相による依怙贔屓《えこひいき》や隠蔽《いんぺい》工作に対する疑惑だが、両方が事実であろうと贈収賄《ぞうしゅうわい》がない限り大した問題ではなさそうなのに、国会、メディア、国民が探偵ごっこに興じていた。

五月三日の憲法記念日に、二〇二〇年からの新憲法実施を語って以来、安倍降ろしは急激に加速している。森友、加計問題以外にも、政権幹部の失言失態が報道され糾弾され続けている。第一次安倍内閣は「お友達内閣」の閣僚のヘマで潰《つぶ》れたのに、安倍氏が全く学習しなかったのには呆《あき》れるが、現在糾弾されているものはどれも三年後には忘れられることばかりだ。

憲法改正ということで護憲勢力が一斉に立ち上がった。新憲法二〇二〇年実施なら、前年に国民投票となるから、同時期予定の消費増税が再延期されそう、と恐れる勢力も蠢《うごめ》いているのだろう。ナショナリストとしての安倍氏を退陣させたい海外勢力も加わっていそうだ。

首相を攻めるなら、からめ手でなく正面から攻めるべきだ。

TPPや国家戦略特区や移民導入など、首相のグローバリズム経済政策を攻めてもいい。アベノミクスが公約の実質インフレ率二%もGDP拡大も果たせず、デフレ脱却にも程遠いこと。大企業は潤《うるお》ったものの、労働者の実質賃金は下がり、中小零細や地方は益々追いこまれていること。

アメリカ追従により、北朝鮮のＩＣＢＭや拉致被害者救出に何の策も打てなかったこと。官僚の人事権を内閣府が握るなど、官邸主導という名の傲慢《ごうまん》を攻めてもよいのだ。ただ、見事な外交手腕に関しては、安倍首相に代わる者が野党はもちろん与党にもいないことを忘れてはならない。

体たらくは日本の国会やメディアばかりでなくアメリカも同じだった。大統領選以来のトランプ苛めだ。哲学も理念もないのに口数は多いときているから、攻める材料には事欠かない。

今は新聞やテレビがロシア疑惑を突いている。選挙戦中に、民主党ヒラリー候補に対するサイバー攻撃をロシアに依頼した。娘婿《むすめむこ》で大統領上級顧問のクシュナー氏が、選挙戦中に駐米ロシア大使や、ヒラリー候補に不利な情報を持つというロシア人女性弁護士（美人）に会った。ロシア疑惑の隠蔽工作に大統領が関わったなどと騒いでいる。

ロシアが卑劣なサイバー攻撃について口を割るはずがないし、どこで誰と会おうと自由だから、まず何も出てこないだろう。アメリカファーストを掲げるナショナリストのトランプ大統領に、欧州での反グローバリズムに危機感を覚えた大資本などグローバリスト達が、猛攻を加えているのだろう。蜜月になりそうだったトランプとプーチンに冷水を浴びせることで、米ロ接近を阻《はば》み、中ロ分断を避けようと目論む、潤沢な資金を有する中国の力も働いていそうだ。

日米が探偵ごっこに明け暮れているから、北朝鮮などの国際問題は一向に進展しない。トランプ氏と安倍氏の支持率低下により両者の政策の自由度は狭まるから、必要な思い切った改革もできなくなるだろう。

大多数の国民は近年、情報をテレビやネットに頼るようになり、制動力としての教養を失ったから、あっという間にメディアの的を外した情報に流されてしまう。日米ともにそうだ。民主主義とは国民が政治を決めるはずのものだった。それが今や国民を操るメディア、そしてついにはメディアを操る大資本などグローバリストや海外勢力が政治を決める主役となったようである。

カネが民主主義を乗っ取ったのだ。

（二〇一七年八月一七日・二四日号）

「ベサメ・ムーチョ」

海外のレストランで黙々と食べることほどつまらぬことはないから、しばしば給仕や隣席の客と会話を楽しむ。三年前に一週間ほど泊まったグラスゴーのホテルでは、コーヒー係の愛らしい女子大生エリザベスと英文学やスコットランド独立について毎朝食話し合い、意気投合した。最後の朝は、もう会えないと思った彼女のつぶらな瞳に涙が光っていた（ような気がした）。

先日のスコットランドのホテルでは皿を片付けにきた屈強な黒人と話した。コンゴからだった。「ベルギー領だったからフランス語が公用語のはずだが英語がうまいね」「はい、内戦と飢餓ばかりのコンゴを逃れ、幼い時にここに来ましたので」。筋肉隆々の黒人に話しかける客がいないのか、うれしそうだった。しばらくして「ガールフレンドは」と聞いた。「早く欲しいです」「白人がいいの、それともアフリカ人」「僕はアジア人がいいんです、特に日本人が」。勘違いしたのか女房がうれしそうな顔をした。

翌朝の皿運びはクリスマス島という、ハワイのはるか南の島から来た黒人だった。「聞いたことのない島だ」「世界一早く夜が明ける所です。日付変更線のすぐ西です」。女房が「美味しい塩で有名な島ですよね、我が家にもあるわ」と言うと、皿を落とさんばかりに驚いて「そうです、そうなんです。知っていましたか。うれしいです。日本では僕の島は有名なんですね」と黒い顔を赤黒くさせた。彼は故郷の海や塩田について、女性上司が耳元で何かをささやきに来るまでうれしそうに話し続けた。

ベルギーのアントワープで訪れたインドネシア料理店では黒人女性が料理を運んで来た。巨大な尻《しり》は日本人の二倍以上もある。アフリカのナミビアからだった。「どんな国」「少数の白人は金持、大多数の黒人は極貧という国よ。でも治安はいい」「ボーイフレンドはいるの」「もちろん」「僕くらいセクシーかい」。意表をつかれた彼女は一笑いしてから「もっとセクシーよ」と言った。客を立てぬとはナミビアの女は失敬だ。「僕だって若い頃はプレイボーイとして名を馳《は》せたものだ」と威張ったら、私の顔を正視してから噴き出した。とことん失敬だ。

アムステルダムのステーキ屋では、道行く人を見物しようと、屋外のテーブルに陣取った。間もなく隣のテーブルにアラブ人男性が坐《すわ》った。なぜかギョロ目でテーブルの中央を思いつめた表情で見つめている。「九十九・九％のアラブ人はテロリストでない」とは知っているが、この表情は普通でない。私は周りに爆弾らしきものを探した。注文を取りに来た陽気な給仕に彼は鋭い目つきのまま我々の二倍、五百グラムのステーキを注文した。一籠《かご》のパンが置かれると、バターをつけてモリモリ食べ始めた。五分で平らげた。視線の先は常時テーブルの中央だ。一切のよそ見をしない。気持悪い奴《やつ》だ、と思っていると我々のステーキが来た。

給仕はアルゼンチン出身だった。私が「メッシ、マラドーナの国だな」と言ったら「そう、我々の誇りだ」と胸を張る。「スペイン語を一つ知っている、ベッサメムーチョ（たくさんキスして）だ」と言ったら大声で笑った。私は中学時代に丸暗記した、トリオ・ロス・パンチョスの「ベサメ・ムーチョ」をスペイン語で歌い始めた。彼は「父がよく歌っていた」と言うと、ムードある私の美声に誘われ唱和した。

隣のアラブ人が突然大口を開いて笑い始めたので驚いた。幼い頃に聞いたのだろう。ホッとしたのでこの男に話しかけた。レバノン人だった。「レバノン系英国人でフィールズ賞をとったケンブリッジ大学教授の数学者アティヤを知っているか」「知らないがそんな偉い人がいるのか。うれしい」「レバノンは暑いのでは」「今はクウェートでIT技術者として働いているが、ここへ出発した日は四十九度だった」。途方もない気温に私が笑い、彼も笑った。笑うと実に可愛《かわい》い。どのアラブ人だって根は可愛いのだろう。

この日のステーキはとりわけ美味だった。

（二〇一七年八月三一日号）

戦いはルール作りから

スキージャンプでは、スキー板が長いほど浮力を受け飛行距離が伸びる。余りに長いと危険なので身長プラス八十センチまでと決まっていた。だから身長百八十センチの欧米人選手は身長百七十センチの日本人選手より十センチ長いスキー板を使っていた。長野五輪で日本勢は男子団体優勝に加え、船木が金と銀、原田が銅と大活躍した。直後にルールは改正され、スキー板は身長の百四十六％までとなった。彼等のスキー板は我々のものより十四・六センチほど長くなった。十センチの差が十四・六センチの差に広がっただけだが、日本勢はその後しばらく勝てなくなった。

東京五輪で女子バレーボールが優勝した翌年、ルールは改正されブロック時のオーバーネットが認可された。長身で手の長い欧米選手には有利だが、日本人がブロック時にネットの向うまで腕を伸ばすのは難しく、勝てなくなった。一九五六年のメルボルン五輪で、古川勝《まさる》が二百メートル平泳ぎで四十五メートルの潜水により金メダルを取ったら、直後に潜水はスタート直後とゴール前の一掻《か》きのみと改正された。ホンダのＦ１がターボエンジンで一九八八年に十六戦中十五勝と圧倒的勝利を収めるや、すぐにターボエンジンは禁止となった。

日本の躍進をきっかけとする欧米勢によるルール改正は、挙げ出したらきりがない。どの改正にももっともらしい理由がついている。

つい先頃、フランス大統領が、二〇四〇年以降のガソリン車とディーゼル車の新車販売を認めないと宣言した。イギリス環境相、ドイツ首相がそれに続いた。排ガスによる健康被害とCO_2による地球温暖化を防ぐ、という目的らしい。美しい。

電気自動車のみにしようというのだが、現在のものは、家庭用電源なら十時間の充電で二、三百キロしか走れない。距離を伸ばすのは電池の改良でいずれ可能になろうが、充電時間を短くするのは高圧電流を用いない限り至難だろう。電池の比較的早い劣化も問題だ。残された二十三年間で解決する目途が立っているのだろうか。

それに英独仏にはそれぞれ数千万台の車がある。これらすべてが電気自動車に代った時、概算で十数%も増える電力需要をどうまかなうのか。今の所は、ドイツが全廃宣言をした原発に頼らない限り、化石燃料に頼るしかない。となると、大気汚染源が、路上から発電所に移動するだけとなりかねない。それに何より、現在のハイブリッド車を改良して燃費を半分にできれば、エネルギー効率において電気自動車とほぼ肩を並べてしまう。それでも英独仏では売れなくなるのだ。

こう考えると今回の英独仏による唐突な宣言の真意が見えてくる。ガソリン車やハイブリッド車では日本に敵わず、対抗馬として売りまくってきたディーゼル車は、ドイツを中心とした業界ぐるみの破廉恥《はれんち》な不正が露顕し、技術的敗退が明確となった。日本の有利を帳消しにし、欧米の先行する電気自動車で勝負しよう、という得意のルール改正ではないか。ギブアップ宣言代りの奇襲なのだ。二〇四〇年を目標に日本メーカーは頑張るだろうが、欧米が遅れを取れば延期されるだけだ。一九七〇年代、アメリカの厳しい排ガス規制（マスキー法）に関し、日本勢に遅れを取ったビッグ3のため、米政府は再三に渡り施行を延期した過去がある。長い封建時代を生きてきたうえ革命を知らない日本人にとって、ルールとは常にお上から与えられるものである。その下で公平に競争すればよいとしか思わない。一方、王制打倒の革命や独立戦争を経験してきた欧米人にとって、ルールとは自ら作るものである。

すなわち、競争はルール作りの段階で始まっているのである。

経済競争を制する上で決定的なルール作りは、常に欧米が主導権を握っている。ここ二十年に日本をはじめ各国が呑まされたグローバルスタンダードなるものだって、すべて欧米発だ。欧州のどの国より強力な経済力をもつ我が国は、今こそルール作りに積極的に参加し国益をかけて強く主張することだ。欧米の定める、不公平なルール下での公平な競争は不公平なのだ。（二〇一七年九月七日号）

へえ秋だでな

八ヶ岳の西麓、海抜千百五十メートルの部落に住んでいた母方の祖母は、八月十五日のお盆を過ぎると決まって、「お盆過ぎりゃあ、へえ秋だでな」と私に言った。時折、「さむしいわ（淋しいよ）」と付け加えた。

毎年の夏休み一カ月を、両親と離れここで暮らしていた私には、この部落に多くの友達がいた。ここの分教場は八月十八日頃に早くも二学期が始まる。田植え休み、蚕休み、稲刈り休み、寒中休みなどがあるため、夏休みは三週間足らずなのだ。

遊び仲間を一気に失った私はヒマを持て余す。縁側に脚を八の字に放り出して坐り、かんぴょうを作るため、二センチ幅ほどの輪切りにされた夕顔を特殊なマナ板の上でゆっくり回転させながら薄い帯状に切っている祖母や、囲炉裏で煮《に》炊《た》きする祖母とよく話すようになる。こんな時に祖母は先程の言葉を口にしたのだが、小学生の私にはよく意味が分からなかった。

八月上旬にあった力強く盛り上がる入道雲が、下旬にはすっかりすじ雲やうろこ雲に代わる。上旬には少ししかいなかった赤トンボが、下旬には夕方の空を埋めつくし夕陽に赤く輝く。こういった季節の変化を明確に意識したのは、大学生になってからではなかったか。小中高の時分は、自分や友達や勉強のことばかりに夢中で、空の微妙な変化や花の移ろい、すっかり秋めいた風の感触などはほとんど意識していなかった。

お盆前後の自然の変化に気付く年頃になり初めて祖母の言葉が分かるようになった。そこには生を謳歌《おうか》した夏が終わり零下二十度の厳しい冬が到来するまでの、狭間にある秋の憂愁がこめられていた。「さむしい」は、この憂愁に、先行き長くない自らの生命を重ねていたのだろう。私の帰京する日が近づくのを悲しんでもいたに違いない。

八月末日の帰京時には、祖母は必ず縁側に腰かけ、「達者でいろよ」と言って涙を掌《てのひら》で拭《ぬぐ》った。小学生の頃、帰京のたびに泣く祖母に、「おばあちゃんなんで泣くの」と聞いたことがある。祖母は「へえおめえに会えねえかも知れねえと思ってな」と答えてまた涙を溢《あふ》れさせた。親しい人の死に遭ったことのない私に、祖母が消えてしまうという衝撃の実感など湧《わ》きようもない。夏の終わりの年中行事を、涙もろいおばあちゃんの癖くらいにしか思っていなかった。

結婚して子供が小学校に上がる頃に、祖母の家から直線で二キロほどの所に山荘を作った。他の地は考えなかった。以来、そこで夏の一カ月を家族と過ごすことにしている。この山荘にもお盆が終わるとすぐに秋が来る。

八月下旬の早朝、どこか秋の匂《にお》いがするようになった山荘に、祖母の家にいた頃よりお世話になっている源次さんから電話がきた。「会いたい」という。最近めっきり弱ったと聞き、顔を見に行こうと思っていた矢先だった。今年九十八歳になる彼は母のまたいとこにあたり、私達の農業の師匠である。大戦時には陸軍工兵として、満州最西端の山海関からはるか洛陽《らくよう》まで千数百キロを徒歩で進軍した人だ。村一番のトマト作り名人でもある。私達の畑の種まきや収穫の後は、源次さんの家でお茶を飲み歓談するのが、ここ十数年の習いだった。電話を受けた私がすぐに駆けつけると、五月に会った時より頬がこけていた。

御飯が喉《のど》を通らなくなったそうで、部屋の隅に五月にはなかった家庭用酸素吸入器が置いてあった。「へぇダメだ。夫婦でいざるようになっちまった」と力なく言うと、かつて村小町と言われた九十歳の夫人を見やった。いつもは私の冗談に笑う彼が、今回は笑う力もないのか無表情だった。小一時間ほどお邪魔して、おいとましようと靴をはくと、縁側までいざって来た源次さんが、だしぬけに「これまでいろいろありがとう」と言った。ハッとして胸をつまらせたまま立っていると、「達者でいろよ。達者でいろよ」とくり返した。祖母以来の言葉だった。私は深々と頭を下げるだけだった。しばらくしてようやく「また来ます」と絞り出すように言うと、素早く踵《きびす》を返した。

夏の終わりは年毎に辛《つら》くなる。

（二〇一七年九月一四日号）

「ワァー、ショック」

九月初め、女房と銀座で食事をした帰り、四ツ谷で中央線に乗り換えた直後、女房が「ワァー、ショック」と私にしか聞こえないような小声で言った。

意味はすぐに分かった。女房の前に坐っていた青年が、「次で降りますので」と言って席を立ち、少し離れた出入口の方に行ってしまったのだ。席を譲られて坐らないのは失礼と思ったのだろう、女房はすぐに坐ると、「生まれて初めて」と小声でささやきながら私を見上げた。一回り上の私の方が若く見られたのが痛快だったから、「どうだ、参ったか。譲られたのはそっちだからな」と念を押しておいた。体組成計での体内年齢は五十六歳の私だから、譲られなくて当然なのだが。

この青年の「次で降りますので」は素晴らしい譲り方だ。これなら譲られた方も、年寄り扱いされた無念や、譲って下さって申し訳ないという気持ちが半減する。

「どうぞ」と言って、「結構です」と断られバツの悪い思いをした人は、私を含め多くいる。

ある調査によると、譲ったことのある人の六十一％が断られた経験があるという。譲ったのに断られては立つ瀬がない。一度でも断られたことのある人は次回は譲るのを躊躇《ちゅうちょ》するだろう。そのせいか、優先席で年寄りや妊婦に席を譲るべきと考える人は、三年前が九十三％、現在は七十六％だ。若者は七十歳以上とか妊婦と覚しき人には直ちに席を譲り、譲られた人はどんなにピンピンでも、妊婦でなくただのデブでも、直ちにお礼を言って坐る、というのがエチケットだ。

次の新宿で私も坐れた。端から二番目の席だった。次の中野駅で若い女性が私の隣、すなわち端の席に坐った。ところが十秒ほどそこにいただけで女性はさっと立ち上がると、前方に空いた、端から二番目の席に坐った。電車内では端が特等席である。わざわざ端から二番目の席に移ったのは、何らかの理由で私から離れたかったからだろう。

若い女性が私の隣からどこかの端席に移るというのは何度か経験したことがあるが、今回のように十秒というケースは初めてだった。デオドラントをシュッシュッとして家を出たのだが。それにしても非礼な女だ。

「ワァー、ショック」。今度は私が言った。「何が」「生まれて初めて」「何が」。一部始終をひそひそ声で話すと、女房は言った。「だってあなた臭いもん」「アメリカではフェロモンとしてバカモテだったのだが」「他に魅力など何もないからね」。女は前で悪びれもせずスマホをいじっていた。

電車内では、隣どころか前の席に坐る女性に逃げられたこともある。

大学へ行く途中の朝十時頃、空いていた地下鉄の車内で私は女房にメールを送っていた。近視かつ乱視なのでケータイを顔の前に持って打っていた。三十秒ほどで打ち終えケータイを下ろすと、真正面に坐ったジーンズ姿の若い女性が私を凝視している。教え子かなと思い私も凝視した。数学科ではなさそうだが他学科の学生かも、などと思っていると眼鏡ごしの眼が険しい。

見知らぬ者同士が互いを凝視するのはせいぜい二、三秒までで、その間に知人か否《いな》かを識別するのが普通である。凝視は攻撃行為の一つだから、他人ならそこで目をそらすのが礼儀だ。この女性は五秒たっても凝視し続ける。たまらなくなった私が目をそらそうとした瞬間、彼女は私を見たまま首をひねった。そして唇をゆっくり三度動かした。直ちに「キモーイ」と分かった。女性はそのまま次の車両へ行ってしまった。私がケータイを構えて彼女を撮影していたと勘違いしたのでは、と思った。

その日の一時間目の授業は一般教養で、二十名ほどの読書ゼミだった。私は教室に入るなり「ワァー、ショック」と言った。唇の動きを解読した結果「キモーイ」だったと言うと、図星と思ったのか全員が爆笑した。私に同情し憤慨する者は一人もいなかった。この日は車内で一名、教室で二十名の女性に逃げられた。

（二〇一七年九月二一日号）

会話の流儀

ケンブリッジ大学のコレッジの食堂では、教官席は学生席に比べ床が二十センチ余り高くなっているのでハイテーブルと呼ばれる。私はここで週に二回ほどランチをとっていたが、様々の分野の専門家と話すのが楽しみだった。大唐西域記の専門家と西遊記について話したり、ワイン委員会の生物学者に安ワインを美味しくする方法を聞けたりするのだから面白い。

会話はユーモアを交えての丁々発止だ。ある時、私は英文学者に、「アーサー・ウェイリーは我々すら読めない源氏物語を上手に英訳したが、日本語は話せなかった」と言った。「ここにいた東大の英文学の先生は、我々すら読めない十四世紀のチョーサーをスラスラ読めたが英語は話せなかった」と切り返された。

コレッジだけではない。数学科のティールームで、フィールズ賞受賞のトンプソン教授は、私と会って開口一番、「漱石《そうせき》の『こころ』の中の先生の自殺と三島の自殺は関係あるのか」と聞いてきた。続いて源氏物語について尋ねられた。高校時代に第一帖の桐壺で沈没したこととは恥ずかしすぎて言えなかった。ある天才的若手数学者は、シェイクスピアの全巻を何度も読んでいるばかりか、安部《あべ》公房や遠藤周作まで読んでいた。

午前と午後にある三十分ずつのティータイムでは、文化、文学、芸術に加え、町で上演中の芝居、ロンドンでかかっているミュージカルなども話題となる。若手講師が、量子電磁力学における朝永《ともなが》理論の整数論への応用可能性についてとうとうと語ったことがあった。「応用してみせてから話せばもっと格好よかった」と私に囁《ささや》く者までいて不評だった。食事時やティータイムに熱弁をふるうのは、ユーモアの欠如と取られるのだ。

先日、愚息がグラスゴー大学で学位をもらうということで卒業式に夫婦で参加した。『国富論』のアダム・スミスや熱力学の創始者ケルビン卿《きょう》などのいた大学である。大学講堂に集まった黒いガウン姿の卒業生の中には、タータンチェックのスカートという正装の男もいる。そばの守衛に「あの男のスカートの下は」と聞いたら

「何もつけないこともある」と答えた。聞かなければよかった。

一人一人名を呼ばれて壇上に上がる。経済学系大学院の卒業生二百数十名のうち、息子は三番目に呼ばれた。てっきりビリから呼び上げられたのかと思ったら、博士はほんの数名しかいなかったからだった。

普通は家族で祝う「卒業ディナー」に、今回はお世話になった指導教官二人も招《よ》んだ。大学付近のレストランは軒並、卒業ディナー特別メニューを組んでいた。サンクトペテルブルグ出身のロシア人教授とチェンナイ出身のインド人講師だった。共に数理経済学者だが、共に訛《なま》りが強く息子の苦労がしのばれた。息子は私に似ず、無口で控え目で上品なのに、私が品のないアメリカ流ジョークからイギリス流ユーモアまでを連発するので驚いていた。女房が「息子は中学生の頃、女の子に人気があり、ディベート大会では一言も発しなかったのにベストディベーターに選ばれた」と言った時は、教授は下を向いたまま爆笑してしばらく顔を上げられなかった。

明るいロシア人教授を見て、私が「サンクトペテルブルグの人はドストエフスキーやプーチンのように暗い人ばかりかと思った」と言ったら、一笑いしてからこう言った。「ロシア人はユーモアが大好きです。例えば、ある男が国家元首はバカと言ったため逮捕され懲役二百三年となった。三年は名誉毀損《きそん》、二百年は国家機密を漏洩《ろうえい》した罪だった」。今度は私達がガハハと笑った。講師の方は、「国際会議では、日本人に発言させることとインド人を黙らせることが最も難しい」と言われるのに、教授と私の勢いに呑《の》まれたのか静かだった。ただ、私がチェンナイの言葉、タミール語をほんの数語だが口にした時は、うれしそうだった。ロシア人教授は新田次郎原作の映画「八甲田山」を見ていたうえ、「私の叔母は紫式部が好きだが、私は清少納言《せいしょうなごん》の方が好きだ」と言った。英国に長い彼は、教養とユーモアという英国紳士の会話の流儀を身につけていた。（二〇一七年九月二八日号）

この国の行方

漱石が明治四十一年に著した『夢十夜』にはこんな作品がある。護国寺の山門で運慶が仁王を刻んでいる、という評判を耳にした漱石は散歩ついでに見に行く。運慶は一心不乱に、鑿《のみ》と槌《つち》で仁王の顔のあたりを彫っている。漱石が「よくああ無造作に鑿を使って、思うような眉《まみえ》や鼻ができるものだな」と思わず洩《も》らすと、横の男が「なに、あれは眉や鼻を鑿で作るんじゃない。あの通りの眉や鼻が木の中に埋っているのを、鑿と槌の力で掘り出すまでだ」と言う。

ならば自分も彫ってみようと、家に帰るなり裏庭の薪《まき》の樫《かし》を彫り始める。仁王は埋っていなかった。次の樫も次の樫も同様だった。漱石はついに「明治の木には到底仁王は埋っていない」と悟る。続けて「運慶が今日まで生きている理由もほぼ解《わか》った」と言って作品を終える。この締めの言葉は難解とされる。

明治維新以来、国民が一丸となって文明開化富国強兵に邁進《まいしん》した結果、我が国は日清、日露の両戦役に勝利し、世界列強の一角を占めるに至った。念願の不平等条約改正も明治末には達成される。目標を失った国民には精神的弛緩、さらには退廃的傾向が蔓延《まんえん》していた。漱石は明治四十四年の「現代日本の開化」と題する講演で、〝日本の文明開化とは内発的なものでなく外発的なものだ。軽薄で上滑りしたものであり、それは子供が煙草《たばこ》をくわえさもうまそうな格好をしているようなもの〟と言った。

この内容から推測すると、『夢十夜』の締めで漱石は、古き日本精神を忘れ、借り物の文明に酔う明治には、運慶のような偉大な芸術家は出ない。だから彼の作品は今も光を放っている、と言いたかったのではないか。この講演の一年後に明治天皇崩御、続いて乃木《のぎ》大将の殉死があった。明治二十年前後に生まれた志賀直哉《なおや》や武者小路実篤《むしゃのこうじさねあつ》、芥川龍之介《あくたがわりゅうのすけ》などは殉死を前近代的と揶揄し批判したが、漱石は対抗するかのように殉死の一年半後、先生の自殺をテーマとした『こころ』を著した。江戸末期生まれで、西欧文明と日本精神の狭間で葛藤《かっとう》し苦悩し続けてきた漱石にとって、葛藤も知らない明治中期生まれの若造が、という思いがあったと思う。同じ気持は、漱石より五歳年長の森鷗外も共有していたようだ。鷗外は殉死の五日後には『興津弥五右衛門《おきつやごえもん》の遺書』で主君への殉死を描いた。

この二作品は、「鷗外と漱石が、古い日本を捨て自ら新しく再生するため、作品の中で自らを殺した」というのが学界の通説のようだが、私にはとてもそう思えない。平均寿命が四十五歳の頃で、すでに漱石は四十七歳、鷗外は五十歳で再生という年齢ではなかった。漱石は二年半留学したイギリスで英文学を、鷗外は四年間留学したドイツで西洋の文学を大量に読んでいる。ともに漢詩の大家で、それぞれ俳句と短歌の名手でもあった。西洋文明と日本の情緒や武士道精神を中心とする「かたち」の間で引き裂かれそうな思いをしていたはずである。実際、漱石は先の講演の中で、上滑りは「悪いからお止《よ》しなさいと云《い》うのではない。事実やむをえない、涙を呑んで上滑りに滑って行かなければならないと云うのです」と付け加えている。彼の葛藤を物語っている。そしてそれを続けていると、「神経衰弱に罹《かか》って、気息奄々《えんえん》として今や路傍に呻吟《しんぎん》しつつあるは必然の結果」とまで言う。現に漱石はこの葛藤のためであろう、留学中のロンドンで強度の神経衰弱に陥り、そして恐らく神経症による、長く患《わずら》った胃病で四十九歳の生を終えた。

講演の最後、「日本の将来というものについてどうしても悲観したくなる」と述べている。実際、漱石の懸念《けねん》は的中し、日本はその後も根無し草となって外来のものに酔いしれた。大正デモクラシー、マルクス主義、そして全体主義へととびつきついには国を滅ぼした。

現代も似ている。我が国の伝統や文化、情緒やかたちを忘れたまま、政治も経済も何もかも、世界がその方向だからというだけで追随している。深刻な葛藤は今、どこにもない。

（二〇一七年一〇月五日号）

解説

金美齢

藤原正彦氏と直接お会いしたのは1990年代末の講演会である。氏がメイン・スピーカーで、私はその後、短時間頂いた。波長がぴったりとしたのを覚えている。続いての懇親会では、二人で終始しゃべり続けた。誰も近づけないようなオーラを振りまいていたらしい。それ以来、長い付き合いが始まった。

ベスト・セラー作家にははるかに及ばないが、少額ながら原稿料を頂く者として、藤原正彦氏は憧《あこが》れの存在である。本業が数学者の氏が「一に国語、二に国語、三、四がなくて五に数学」と言っていたのを聞いた覚えがある。「極楽とんぼ」は私の「売り」でもあり、「幼い頃から母に『極楽とんぼ』とよく言われた」と藤原正彦氏は「はじめに」に書いている。しかし「とんぼ」だけでは、ものは書けない。

『若き数学者のアメリカ』、『遥《はる》かなるケンブリッジ』は出版早々には読んでいた。台湾人にとって、「化外の地」から「文化の地」へは、「地獄から天国」と言えば大げさに聞えるが、そういう時代があったのは確かなのだ。「知の聖地」ケンブリッジに憧れていたが、教師でも正規の学者でもなく、「客員研究員」として一年間遊んできた。その聖地で藤原氏はノーベル賞級の数学者と対等に接し、その上見事なエッセイを残す。なんとも羨《うらや》ましい存在である。

1934年に台湾・台北に出生した私は、台湾語（閩南語《びんなん》）を母語とし、小学生からは日本語。中学に進学した後は中国語。英語が必修になる。こんな複雑な言語環境で、まともに知的成長が出来るとしたら、それは「天才的」な言語能力を持っている者に限られる。日本人は往々にして外国語コンプレックスがあり、外国人が、皆ペラペラしゃべっているように誤解する。それは偏《ひとえ》に日本人が真面目《まじめ》すぎることに由来する。文法がどうだとか、発言がどうだとか……。そんなことはどうでも良いと、学校は教えない。私の唯一《ゆいいつ》の長所は「いい加減」である事だろう。学生にはとりあえずYesかNoと言え。はっきり言えなければ「Yes & No」と言いきかせている。

早大で二十数年英語を教えていた。非常勤講師として、一年生必修の時間。一コマ80〜90分の時間、学生にとって無駄にならないためにはどうすれば……と悩んだ。何しろ、受験で来た学生たちは、入学直後の英語のレベルが最も高く、後は落ちる一方である。40人余りのクラスで、「使える英語」とは……。話し言葉のチィチィパッパは彼らの知的水準に（まあ知的であるとして）そぐわない。結論は「英語のテキストを通じて、読解力をつける」、これなら、真面目にやれば一生物になると勝手に決めて二十数年続けた。辟易《へきえき》した者もいれば、後に感謝された事もある。「始めに言葉ありき」、思考は言葉がツールである。言葉が粗末なら、思考も浅くなる。台湾の言葉変遷は、あるとき台湾人を非常に苦しめた。日・中・台・英・全《すべ》て中途半端《はんぱ》だったのだ。

亡《な》き岡崎久彦氏は外交官でありながら、好き嫌いが激しく省内では順当に昇任せず、次官もアメリカ大使の目もなかった。ある日なにかの会合の時、「好き放題発言し、その後役を引き受けるでもなく、さっさと退出した」と亡き深田祐介さんが直接こぼされた。「評判悪いよ」と本人に言ったら、「タカは群れず」とすまして言った。

氏は「頭が悪い」と思ったら相手にしない。その判断が正しいかどうかは又別の問題なのだ。つまり「常識は凡人のもの」から思い出す最初の存在が岡崎久彦氏である。

岡崎氏を団長に祭り上げ、当時の李登輝総統に接見頂いた。正確には何年だったか忘れたが、多士済々《せいせい》との訪問団は楽しかった。藤原ご夫妻とも二回台湾を訪問した。最初は2004年、陳水扁総統の二期目への挑戦だった。当時「総統府国策顧問」というご大層な肩書があった私は、三宅久之ご夫妻もお誘いし、台湾政府から至れり尽くせりの接待を受けた。

二度目は2008年の総統選、民進党候補謝長廷対国民党馬英九だった。後に無能だと言われる馬は当時「ハンサム、セクシー」と女性に圧倒的な人気があった。「大衆とは……」と偉そうなことをいう訳ではないが、普段は「台湾人」のアイデンティティを持つ仲間の女性が、馬に一票いれたと聞いたときは、言葉が出なかった。

馬は香港生まれ、アイデンティティは中国人なれど、それ故《ゆえ》の「洗練さ」もあった。台湾四百年の歴史は植民地の歴史であり、「高砂族」と呼ばれた原住民は福建や広東の沿岸から渡来して来た移民に追われ、山地に上がっていった。現在、台湾では彼らを「山地同胞」と呼ぶこともある。

私の二人の子供は、両親が台湾人で日本人の血は一滴も入っていないが、日本で生まれ育ち、日本語を話し、日本人としてのアイデンティティを持っていたため、成人して就職してから、自らの意思で日本国籍を取得した。

それについて親である私たちが、台湾籍にしろとか日本籍にしろなどと口を出したことはない。「あなたたちがどの国の国民として生きていきたいか、自分で考え、自分のアイデンティティに忠実に国籍を取りなさい」と話してきた。

しかし周囲のケースを見ていると、必ずしも子供の自由意思に任せる親ばかりではないようだ。

私の子供たちが日本国籍の申請をした際、管轄《かんかつ》の警察が自宅にやってきた。「子供たちの日本国籍取得に合わせて、ご両親も日本国籍を取ってはどうか」と勧めに来たのだ。なぜこんなことを言いに来たのかと言えば、何でも子供がいざ国籍を変えるとなったら両親が反対し、「国籍取得、やっぱりやめます」といって中止するケースが少なくないからだという。私は「絶対にそんなことはありません」と断言して、警察の方にお帰りいただいたのだが、親が子供を自分と同じ国籍に縛り付けようとするケースは、確かにある。

特に朝鮮半島出身の在日韓国・朝鮮人の人たちは、生まれも育ちも日本であるにもかかわらず、帰化しない人が多いと聞く。在日一世は半島から渡ってきたので母国に対する思いもあるだろうが、今はもう在日三世、四世の時代になってきている。それでも親が帰化させないケースがある。

それには理由がいくつもあるのだろう。例えば韓国ではいまだに日本に対するうらみ、つらみが強く、日本国籍を取ることで同胞たちから白い目で見られる。あるいは民団（在日本大韓民国民団）や朝鮮総連（在日本朝鮮人総聯合会）といった組織にとって、国籍を保持したままの同胞が減ってしまえばその勢力が失われるため、仲間内で圧力がかけられていると考えられる。

しかし、日本で生まれ育ち、日本語しか話せない子供に元の韓国・朝鮮籍を末代まで強いることは、それこそアイデンティティの分裂を招くのではないだろうか。

「常識は凡人のもの」で語られているのは将棋の話である。私は将棋の知識はゼロなので何が正しくて、何が問題なのかは判断がつかない。しかし、日常からテレビ出演まで、一切が平常心である。大切な局面でしばしば中座し、疑いの目を向けられるような事はない。(実はそんな「場」は長い人生で一度もなかったが……)結局、その話は少し違うようだが、それでも「名人」を目指す者は、出処進退、全てに気を配るべきであろう。

若き天才藤井聡太《そうた》は一度も疑いをかけられていないようだ。「大きくなる人間」はそれなりのストイックな立振舞が必要だ。だからこそ「常識は凡人のもの」と言うことになる。史上「最も若い」が常に冠につく彼の偉業は留まるところを知らない。

藤原ご夫妻と二回目の台湾では、謝長廷が馬英九に敗れた。帰国の便で台湾メディアは失意の金美齢を番組にしたく、空港へ大勢押し寄せてきた。まさかそんな事までされるとは、私にとっても意外だった。「台湾人には失望した」「台湾人をやめます」と宣言し、帰日後、日本国籍を取得する手続きを始めた。あの空港で私のカートを押していたのがベストセラー作家だとは、台湾のメディアは不勉強で全く気付かなかった。そう、私は日本の大作家藤原正彦に荷物を押してもらったのだ。

藤原作品のヒロインは間違いなく美子《よしこ》夫人である。なんだかんだ言っても夫人にはメロメロ。当然と言えば当然だが、実は亡夫周英明も美子さんにはぞっこんだった。美子さんはお名前の通り美しい。その上実に知的なのだ。台湾への旅行中、周はずっと美子さんと話し続けていた。取り残された藤原さんと私は手持無沙汰《ぶさた》で何を話していたのか記憶が無い。氏は美子夫人を紙上にあげ、何やかや話題にする。そこから伝わるのは一貫した妻に対する賛辞である。照れくさいのをユーモアに転化させるのはこれぞ藤原正彦「管見妄語」、脱帽!!

周が亡くなった、確か一周忌に当たる日だったと記憶している。ご夫妻で訪ねて下さった。台湾で撮影した写真をフレームに入れて……。ご同行いただいた三宅久之さんのお元気な姿もそこにあった。

三宅さんは安倍《あべ》晋三《しんぞう》首相再登場の仕掛け人である。『この国を揺るがす男』（朝日新聞取材班）の帯に、『『最強首相』は、いかにして誕生したのか？」とある。振り返れば思い出の山、学ぶ道に終着点はない、それが古今東西の知恵。永遠の原典はシェークスピア、特に「キレイは汚い、汚いはキレイ」、「マクベス」にでてくる3人の魔女が唱える呪文《じゅもん》である。常識の対極にある言葉だろう。

唯一、残念なのはブレグジットに対する「予言」である。ケンブリッジの天才が「ない」と言い、藤原氏も「ない」と判断。実は私自身最終的には「ない」と思っていたので、我が意を得たり。しかし、蓋《ふた》を開けたら「Yes」。反省の上、無理矢理こじつけたのは「移民の増加」。私の知っているケンブリッジは「Town & Gawn」の世界。各々《おのおの》が相手をリスペクトし、肯定していた。大学側は街の人々のおかげで日常が成立っていると感謝し、街の人々は「大学の人たちが一生懸命勉強し、イギリスを背負ってくれている」と基本的に受け止めていた。

階級社会がどうのこうのと言う前に、各々が自分の役割をしっかりわきまえていたのだ。

（令和二年八月、評論家）

この作品は、平成三十年一月、新潮社より刊行された。

JASRAC 出 2007178-001

管《かん》見《けん》妄《もう》語《ご》　常《じょう》識《しき》は凡《ぼん》人《じん》のもの

新潮文庫　ふ－12－19

令和二年十月一日発行

著者　藤《ふじ》原《わら》正《まさ》彦《ひこ》
発行者　佐藤隆信
発行所　株式会社　新潮社
郵便番号　一六二―八七一一
東京都新宿区矢来町七一
電話　編集部(〇三)三二六六―五四四〇
　　　読者係(〇三)三二六六―五一一一
https://www.shinchosha.co.jp

価格はカバーに表示してあります。

乱丁・落丁本は、ご面倒ですが小社読者係宛ご送付ください。送料小社負担にてお取替えいたします。

印刷・大日本印刷株式会社　製本・株式会社植木製本所

ISBN978-4-10-124819-6 C0195